快乐的死 [法]加缪

张一乔 译

第一部

自然死亡

1

第二部

自觉死亡

65

译后记

183

第一部 **自然死亡**

I

上午十点，帕特里斯·梅尔索*踏着规律的步伐，前往札格厄斯的别墅。这个时间，看护已经出门到市集去了，别墅显得空无一人。时值四月，早晨春光明媚而寒冷，晴朗的蓝色天空净透如冰，普照的阳光耀眼炫目，却不带一丝暖意。靠近别墅的山丘里，一束纯净的日光穿入繁密的松林，沿着树干静静地落下。清冷的路上一个人也没有，沿路走来地势略微升高了一些。梅尔索手中提着一只皮箱，沐浴于万物寂寥中独自灿烂的晨光下，在僻静路上自己单调的脚步声，以及皮箱提把规律

---

* Mersault，《异乡人》主人翁默尔索的原文为 Meursault，其中 u 这个字母，有一说是加缪后来喝到勃艮第（Bourgogne）知名白酒 Meursault 后得到灵感而加上的。——本书注释均为译者注

摇晃的嘎吱声中，持续前进着。

抵达别墅不久前，他顺着道路来到设有不少长椅和小花园的广场。灰色芦荟、湛蓝天空和白色的石灰围墙中，点缀着提早绽放的红色天竺葵；这幅景象是如此清新多彩、富有童趣，梅尔索驻足了一会儿，才重新踏上从广场通往札格厄斯别墅的路。他在别墅门口停下，戴上手套，打开身有残疾的主人吩咐不要上锁的大门，再顺势将它关上。进门后他沿着走道继续前行，来到左边第三道门前停下，先敲门再开门进入。札格厄斯一如预期地坐在房内的扶手椅上，双腿残肢上盖着毛毯，紧邻壁炉；他所在的位置，正是两天前梅尔索待过的地方。他正在看书，当梅尔索停在重新关好的门前时，他将书在毯子上放下，瞪圆两只眼睛望着对方，目光中读不出一丝意外。窗帘是拉开的，任由阳光穿透而过流泻在地板、家具和摆设物品的角落。玻璃窗外，早晨在春寒料峭的金黄色大地上绽放着喜悦与平和。冰冷的荣景，小鸟怯生生地发出的尖声鸣叫，毫不留情泛滥成灾的阳光，为这个早晨赋予无害而真诚的意象。梅尔索静静站着，喉咙和两只耳朵受制于室内的闷热，感到窒息难耐。尽管天气已见回暖，札格厄斯还是任炉火烧得旺盛。梅尔索感觉自己的血液上冲到太阳穴,又蔓延到两只耳尖,跟着脉搏一起叫嚣跳动。对面的那位始终一语不发,只是一双眼睛紧盯着他。帕特里斯抬脚走向放在壁炉另一端的木箱,没有看对方一眼,径自将自己的皮箱摆在桌子上。抵达时,他感到自己的脚踝几不可察地微微颤抖了一下。站定后他往自己嘴里塞了一根烟,因为戴着手套,点烟时显得有些笨拙。背后传来细微的声响。他叼着烟转过头去,札格厄斯仍旧凝视着他,但已将书本合上。梅尔索一边感到壁炉的火烤得他的双膝开始灼痛,一边从颠倒的视角判读书名,是巴尔塔沙·葛拉西安的《智慧书》※。他再没有一丝犹豫,弯下身将木箱打开。黑色的左轮手枪躺在白色的信封上,显得每个弧度都闪耀着光泽,好像一只得到悉心照料的猫,一直守着札格厄斯的信。梅尔索左手将信取出,右手则拿起枪。略微迟疑了一会儿后,他把手枪换过来夹在左腋下,然后把信封打开。里面是一大张信纸,上面仅有札格厄斯

※ 巴尔塔沙·葛拉西安(Baltasar Gracian),17 世纪西班牙哲学家、文学家。《智慧书》(法文书名 *L'Homme de cour*,西班牙原书名 *Oráculo manual y arte de prudencia*)是他最为人所熟知的作品,与《君主论》《孙子兵法》并称人类思想史三大智慧奇书。

用棱角分明的大字，写下的简单几行遗言：

"我除去的只是个不完整的人。希望人们能宽恕我的抉择，我的小木箱里，准备了给照顾我的人远超目前为止所应得的补偿。多出来的部分，我希望能用来改善死刑犯的伙食，但我明白这样的要求已是过分了。"

面无表情，梅尔索将信重新折好，与此同时，口中香烟飘散的烟刺痛了他的眼睛，些许烟灰跌落在信封上。他摇晃信封将烟灰抖落，然后将其放在桌子上明显可见的位置，再转身面对札格厄斯。后者现在望着信封，一双短而强壮的手一直捧着那本书。梅尔索俯身转动保险箱的钥匙，取出一沓沓包着报纸、只从侧边透露出厚度的钞票。腋下始终夹着枪，他用一只手规律地搬运着，好将自己的皮箱装满；发现总共仅有不到二十沓百元钞票之后，梅尔索才明白自己带来的皮箱太大了。他在保险箱里留了一沓百元钞票。关上皮箱，再将抽了一半的香烟扔进炉火里，接着，他用右手拿起手枪，走近残疾的那一方。

札格厄斯现在望着窗外。从屋里可以听到汽车缓慢地从门前经过，引擎咀嚼燃料的淡淡噪声。他一动也不动，好像凝视着这个四月早晨无情的美丽。当他感觉到枪管抵上自己右边的太阳穴时，视线也没有转过来。一直注视着他的帕特里斯，却看见他的眼眶里已满是泪水。最后，帕特里斯闭上了眼睛，往后退了一步，然后开枪。他靠在墙上一会儿，双眼一直紧闭着，感觉自己双耳里的脉搏还在跳动着。睁开眼睛，他看到对方的头部被轰到了左肩上，身体仅微微变形。札格厄斯的脸自然已无法看清，只剩下混杂着脑髓、骨头和血液，高低起伏的残骸中，一个巨大的创口。梅尔索开始发抖。他来到扶手椅另一边，摸索着扶起亡者的右手，把手枪塞进去，然后举到原本太阳穴的高度，再让它自然垂下。手枪滑落到椅子扶手上，又掉在札格厄斯膝上，顺势让梅尔索注意到残疾死者的嘴巴和下巴；后者的表情，跟凝望窗外景色时一样肃穆和哀戚。这时候，尖锐的喇叭声在门前响起，接着又如真似幻地响了第二次。面向扶手椅弯着身子的梅尔索，维持着同样的姿势没有动弹。汽车行驶声传来，宣告肉铺老板的离去。梅尔索提起皮箱，打开门，门闩在阳光照射下闪闪发亮。头痛欲裂、口干舌燥的他走出房门，穿过大门，大步离开。路上什么人都没有，只有一群孩童，正聚集在小广场的一端。他离别墅越来越远，走到广场时，他突然觉得冷，身体在轻薄的西装下哆嗦起来。他打了两次喷嚏，小山谷里讥嘲地回荡着响亮的回音，在清透如水的天色中不停往高空传送。有点虚弱无力的他停下脚步，用力深呼吸。湛蓝色的天空降下无数个灿烂的小微笑。它们穿过承载着满满雨露的树叶，在小径湿润的凝灰岩上嬉戏，朝颜色宛如鲜血的红瓦屋飞去，再振翅高飞，回到刚刚才从中流泻出来的天空与日光之湖里。上头可见一架小小的飞机飞过，传来浅浅的隆隆声。在如此喜悦的氛围和丰富多彩的晴空下，人类唯一的任务似乎就是活着并幸福快乐。梅尔索心中回归平静。第三个喷嚏将他唤醒，他觉得自己好像有点发烧并开始打寒战。他没有看周遭一眼，在皮箱的嘎吱声和自己的脚步声中奔逃而去。到家后他将皮箱丢在角落里，上床一直睡到下午都过了一半才醒来。

II

  艳阳照耀的炎夏让码头充斥着喧嚣。时间是十一点半。日正当中的酷暑高热，碾压着整个码头。阿尔及尔商会的库房前，顶着红色烟囱的黑色斯基亚菲诺*货轮，正在将一袋袋的小麦装船，细屑的香气中，混杂着火热的太阳催逼出来的厚重柏油味。有人在飘散着油漆和茴香酒味的小木棚前饮着酒，一旁发烫的平板路上，穿着红色紧身衣的阿拉伯杂耍艺人，在波光粼粼的大海前，不停翻滚跳跃着。扛着麻袋的码头工人们对这些景象视若无睹，正纷纷踏上连接码头和货轮甲板的两个跳板，

---

* 斯基亚菲诺（Schiaffino）是19世纪于阿尔及尔创立的航运家族企业。作者描绘的是他在当地看到的真实景致。

将小麦运上船。抵达船上时，他们在天空和海湾、绞盘和桅杆组成的背景里，突然只剩下一个个清晰的剪影；他们被烈日照耀的天光迷了眼睛，面孔布满汗水和脏污，一双双眼睛在有些苍白的尘垢中闪烁着；片刻后再盲目地钻进满是温热体味的货舱里。灼热的空气中，汽笛响个不停。

忽然，跳板上鱼贯的队伍在慌乱中停下。其中一个工人失足摔下，因为跳板的间隙太窄而卡在木条之间，而他后扬的手臂却被麻袋重压而受伤，令他痛苦哀号。此时，帕特里斯·梅尔索从办公室走了出来。门前迎面而来的暑气，让他几乎喘不过气，他大口呼吸，吸进的是令喉咙感到苦涩的柏油蒸气。他在意外场景前停下，码头工人们已将伤者抬出，那人仰躺在布满灰尘的木板上，双唇因痛楚而发白，任由同伴扶着他的断臂。他的手肘上方有块碎骨穿透了肌肉，狰狞的伤口流淌着鲜血，沿着手臂一滴接着一滴，落在晒得发烫的石头上，发出轻微的嗞嗞声，并冒出水蒸气。梅尔索宛如石化般盯着那些血迹，直到有人抓住他的手臂。是埃马纽埃尔，同事里负责跑腿的小伙子。埃马纽埃尔指着一辆正朝他们开过来，不停发出链条撞击声和震耳欲聋的引擎爆燃声的卡车说："走吧？"帕特里斯跑了起来，卡车越过他们往前开，于是他们奋力向前追赶，被淹没在噪声和烟尘里，气喘吁吁，眼前一片迷蒙，仅能清楚感受到自己盲目狂奔时满腔的兴奋和激动。绞车和机器运作声，为在天际线跳舞的桅杆谱出迷乱的节奏；随浪涛起伏的斑驳轮船，也一路陪伴着他们左右摇摆。梅尔索先一步找到支撑，确定自己有足够力量和柔韧度的他一跃而上，再帮着埃马纽埃尔也坐上来，两人双脚悬空。在灰白色的烟尘、从天空降下炙人的光热的太阳，以及桅杆和黑色吊车密布的港口所构成的广大无垠而美妙的布景中，卡车全速而去，埃马纽埃尔和梅尔索因着码头高低不平的路面上下颠簸，任由血气上冲，晕头转向，双双笑到喘不过气来。

　　抵达贝尔库※后，梅尔索跟唱着歌的埃马纽埃尔一起下了车，后者引吭高歌却走了调。"你懂的，"他对梅尔索说，"这是种有什么填满了我的胸腔、不吐不快的

※ 贝尔库（Belcourt），阿尔及尔的一个小区，是作者成长的地方。该区于法国殖民时期称为贝尔库，阿尔及利亚独立后，在 1992 年将其更名为贝鲁兹达德（Belouizdad），以纪念为该国独立运动做出贡献的穆罕默德·贝鲁兹达德（Mohamed Belouizdad）。

感觉。就像我高兴的时候,还有洗澡的时候。"这是真的。埃马纽埃尔会一边游泳一边唱歌,他的歌声因呼吸不顺而变得嘶哑,在大海中几不可闻,却始终配合着他短而肌肉紧实的双臂摆动的节奏。他们取道里昂路,梅尔索大步前行,步伐迈得很大,宽大而富肌肉的肩膀也跟着摇摆。他踏上人行道准备登上台阶,转动胯骨闪避周围时来时往人群的架势,让他的身体给人一种格外青春、健壮,能带其主人体验肉体最极致愉悦的感觉。静止时,他把重心放在单边胯骨上,带点故作轻松的柔韧感,仿佛身体通过运动习得了优美的姿态。他的一双眼睛在有点浓密的眉弓下闪闪发亮,跟埃马纽埃尔交谈的时候,他会不自觉地拉扯领子好将脖子露出来,连带着说话中的嘴唇也会一起收缩绷紧。两人进了固定去的餐厅,入座并默默地开始进食。没有阳光的阴影里其实很凉爽,周围是苍蝇飞舞的嗡嗡声、餐盘碰撞的轻微叮当声,还有顾客的交谈声。餐厅老板塞莱斯特朝他们走了过来,人高马大的他蓄着两撇小胡子,他撩起围裙挠挠自己的肚子,再放它自然落下。"还好吧?"埃马纽埃尔问。"跟那些老人家一样。"塞莱斯特与埃马纽埃尔开始交谈,左一句"嘿,老兄",右一声"哎,老弟",互相热络地拍肩问候。"你知道的,"塞莱斯特说,"老人家都有点蠢。他们说人到五十才算是真正的男人,那是因为他们已经五十岁了啊。我有个朋友,他只要跟儿子在一起就很快乐。他们会一起出门,一起吃喝玩乐,还会一起上赌场。所以我朋友会说:'为什么你要我跟这些老人混在一起?他们每天不是跟我说自己便秘吃了泻药,就是消化不良。我宁可跟我儿子一起出门。有时候他看上了某个小姐,我就装作什么都没看见,上电车回家,谢谢,再见。这样我挺开心的。'"埃马纽埃尔听完笑了。"当然,"塞莱斯特说,"他不是什么了不起的家伙,但我蛮喜欢他的。"他转而对梅尔索说:"而且他比我以前的那个朋友强。那人得意的时候,跟我讲话时下巴抬得老高,还会加点骄傲的小手势。现在他没那么嚣张了,因为他什么都没了。"

"活该。"梅尔索说。

"噢,人生在世,做人不能太坏。他尽情享受过,这样做一点也没错。九十万法郎啊!他本来有这么多钱的……唉,如果是我的话……"

"你会拿来做什么?"埃马纽埃尔问。

"我会买一间小屋子,在肚脐上涂一点胶水,粘上一面小旗子。这样我就能等着看风从哪里来。"

梅尔索安静地吃着午餐，直到埃马纽埃尔又开始跟老板提起自己参加马恩河战役[*]的经过。

"我们其他人，阿尔及利亚轻步兵团的，受命分散进攻……"

"你有完没完啊。"梅尔索淡淡地说。

"指挥官一声令下：冲啊！我们就往下冲，那地方就像个有树的溪谷。他叫我们一阵猛攻，可是前面什么人都没有。我们只好继续一直走，继续前进，就这样。突然间，有机关枪开始朝我们这边扫射，大家一个挨一个地应声倒下。死伤的人那么多，谷底积的血几乎都可以划船了。还有人在里面哭着喊妈妈！实在太可怕了。"

梅尔索起身，把餐巾打了个结。老板走到厨房门后面，用粉笔给他的午餐记账。那就是他的账本。店内因账目起争执的时候，他会把门拆下来，搬出门后的账本为证。角落里，老板的儿子勒内正在吃一颗半熟水煮蛋。"真可怜，"埃马纽埃尔说，"他得了肺病，时日无多了。"

---

[*] 第一次世界大战期间共发生过两次马恩河战役（Bataille de la Marne），分别在 1914 年和 1918 年。作者的父亲便是在第一次马恩河战役中受伤后不治身亡。

这是真的。勒内通常是安静而严肃的。他的身形看上去并不过瘦，目光倒是灼灼。这时候，有个客人向他解释肺结核"有耐心并小心谨慎的话，是可以痊愈的"。他边咀嚼边认真地表示同意。梅尔索走过来在他旁边坐下，将手肘枕在吧台上，准备喝杯饭后咖啡。那客人继续说："你认识让·佩雷吗？煤气公司的那位。他死了。他只有一边的肺生病，但还是宁愿出院回家。家里有他太太，而他太太是他的马。一场病把他搞成这样。你懂吗，他把太太当马一直骑，而她呢，她不愿意。他却变本加厉。每天两三次这样下来，结果把病人折腾死了。"勒内嘴里咬着一块面包，停下来盯着他看。"对，"他终于说道，"病痛来时又急又快，痊愈却需要时间。"梅尔索用手指在蒙了一层水蒸气的咖啡壶上写着自己的名字。他眨了眨眼。从这个平静的肺结核病人到满腹歌声只想一展歌喉的埃马纽埃尔，他的生命就这样每天往复摆荡在咖啡和柏油的味道里，与他自身和他的心念所在脱节，甚至与他内心的真实也那么疏离，那么遥远。同样的事情在其他状况下可能会激起他的热情，如今也只是生活的一部分，让他变得无动于衷，直到他回到自己的房间，才会用尽一切力气，小心翼翼地熄灭在他心底燃烧的生命之火。

"你说呢，梅尔索，你是读书人。"老板说。

"好了，就此打住，"帕特里斯说，"你问我就要答吗？"

"哇，你早上吃了火药吗？"

梅尔索对他微笑，离开餐厅，穿过马路到对面，上楼回到自己的房间。房间楼下是家马肉铺，靠着自家阳台弯下身，可以闻到血的味道，还可以看到招牌上面写着："致敬为人类所驯服的最高贵的动物。"他在床上躺下，抽了一支烟，然后就进入梦乡。

他现在住的房间以前是他母亲的。他们母子俩一起在这个有三个房间的小公寓里生活过很长一段时间。现在只剩下自己一个人，梅尔索便把其中两个房间租给了一个朋友介绍的制桶匠跟他的姐姐，留下其中最好的房间自己住。他母亲死的时候是五十六岁。天生丽质的她，以为可以凭借自己迷人的风情过上好日子，活得有滋有味，多彩多姿；将近四十岁时，疾病却残酷地找上了她。她被迫脱下洋装、卸下脂粉，能穿的只有一件件病人服。她的容貌因浮肿而丑陋变形，双腿水肿且衰弱无力，几乎无法行走，最后连视力也变得半盲，只能在她无力照管的惨淡公寓里，绝望地疯狂摸索着。变故来得快也去得快。她得了糖尿病却疏于调养，漫不经心的生活态度又令病情雪上加霜。他被迫放弃学业，工作养家。直到母亲过世，他都没有停止阅读和思考。长达十年的时间里，病弱的她一直忍受着这样的生活。病痛缠身的日子是如此漫长，周遭的人逐渐习以为常，忘了病情严重起来，她可能会就这样离开人世。有一天她终究是走了。社区里，大家都很同情梅尔索，因而对葬礼殷殷期盼，慎重以对；想起为人子女对母亲的孺慕之情，更要求远亲们不要哭泣，以免徒增帕特里斯心里的伤痛；恳求他们能够保护他，付出时间关怀和照顾他。然而，他本人却尽其所能地打扮得非常体面，手中拿着帽子，出神地看着丧礼的准备工作。他跟随送葬的队伍，参加了宗教仪式，在棺木上撒下一把泥土并与宾客握手致意。只有一次他表示出讶异，对于为受邀的宾客安排的车辆居然只有这么少而感到不满，但也仅此而已。隔天，公寓的其中一扇窗上已贴出了告示："吉屋出租"。现在，他住在母亲的房间里。以前，跟母亲一起过的日子虽然贫苦，但也有点温馨。晚上，当他们聚在一起，围着一盏油灯默默地用晚餐时，在那样简单朴实、节衣缩食的日子里，潜藏着一种不为人知的幸福。公寓四周的社区相当静谧。梅尔索望着母亲衰老疲惫的双唇微笑,她也会报以同样的微笑。他继续进食。燃烧中的油灯微微冒出一缕黑烟,母亲会用同样颤巍巍的姿势来调整灯火,只有右手臂打直,身体却维持后倾。"你吃饱了。"过了一会儿后,她说。"嗯。"餐后他会抽根烟或看点书。如果是前者,他母亲会说:"又在抽烟!"如果是后者则会说:"离灯近一点,你要把眼睛搞坏了。"如今,贫穷外加孤独,反而成了更不堪的不幸与悲哀。当梅尔索悲伤地想起亡故的至亲之时,他真正同情与怜悯的对象,其实是他自己。他大可以选择住在更舒适的环境中,却执意留在这间公寓里,他贪恋里头贫穷的滋味。待在这里,至少他可以找回曾经的自己;而刻意将自己埋藏在那段过去里,逼着自己面对卑劣可鄙的感情,在坚忍中自残地内心交战,又让他得以在悲伤与悔恨当中舔舐伤口。他依然留着门上那块毛边不齐整的灰色卡纸,上面是母亲用蓝色铅笔写下的他的名字。他也保留着铜制的老床架,上面铺着丝绸床单,还有祖父的肖像,照片上的人蓄着一小撮胡须,明亮的眼睛一动不动。壁炉上,男女牧羊人塑像围绕着一台停止运作的老座钟,旁边是他几乎从不点亮的油灯。中央有点凹陷的麦秆椅、镜子发黄的衣橱和缺了一角的梳妆台,年久失修的陈设全因为习惯的润饰,在他的眼中没有任何不便。在这公寓阴暗的角落游荡,不需要他多花一分力气。如果是另一个房间,他便得重新适应,重新对抗自己的脆弱和哀伤。他想要的是减少与外界接触的空间,倒头睡到一切都过去了为止。出于这样的打算,这房间便再适合不过:它一边面朝街景,另一边面对的是永远晒满衣服的露台,露台之后是被高墙包围的小花园,里面种着甜橙树。有时候,夏天晚上他会故意不点灯,让房间里保持昏暗,并打开面朝露台和夜色中阴暗花园的那扇窗。一望无际的夜色中,越发强烈的甜橙树香气缓缓袭来,宛如轻薄的丝巾,温柔地环绕着他。每一个夏夜,他的房间和他自己都沉浸在这若有似无又极其浓郁的芬芳里;仿佛长久以来宛如行尸走肉的他,第一次为自己打开了一扇人生的窗。

他醒来时满脑子还都是睡意且全身是汗。时间已经很晚了。他把头发梳理整齐,飞奔下楼,跳上电车,两点五分他人已经到了办公室。那是一个很大的房间,四面墙上有四百一十四个小格子,每一个都堆满了文件。办公室既不脏也不乱,但无时无刻不令人想起死气沉沉的灵骨塔,枯萎的光阴在其中腐败、衰亡。梅尔索的工作是检查提货单、翻译英国商船的补给品清单,以及在三点到四点的时候,接待想寄送包裹的顾客。最后这项任务是他自己要求的,实际上并不属于他的工作范围。然而接手后,他在其中找到了生命的出口;能跟人接触,固定往来的常客,频繁互动注入的人气,让他终于能感觉到自己心脏的跳动。他还能借此摆脱三个打字员和办公室主管朗格卢瓦先生。其中一个打字员算是蛮漂亮的,不久前刚结了婚;另一个是跟母亲同住;而第三个是个上了年纪的老妇人,精力充沛,高尚可敬。梅尔索喜欢她在提及自己的"不幸"(套用朗格卢瓦的说法)的时候,特别含蓄又讲究地用字遣词。朗格卢瓦跟老练的艾碧雍女士有过几次关键性的口舌交锋,她总是占上风。她看不惯朗格卢瓦老是流汗湿到让长裤粘在屁股上,更瞧不起他面对老板以及偶尔在电话里一听到律师的名字,或是某个怪胎姓氏里有象征贵族的介词[*]时,就变得手足无措。可怜的他纵使尝试软化她的态度,或找到讨她欢心的法子,结果总是徒劳。这天傍晚他在办

---

[*] 某些法国人的姓氏会出现 de 这个介词后接地名的写法,此处的地名最初代表的是贵族的封地,后来才有许多平民仿效。

公室里忐忑地问:"是吧,艾碧雍女士,您觉得我很好相处,对不对?"梅尔索一边反复将"蔬菜"翻译成英文,一边盯着自己头上的灯泡和它绿色的百褶纸灯罩。他面前挂着一本鲜艳的彩色月历,上面是捕鳕船赦罪朝圣节*的景象。海绵、吸墨纸、墨水瓶和标尺在他的桌上井然有序地排列着。他面前的窗户,正对着黄白相间的货轮从挪威运回来的大堆木料。他伸长耳朵聆听着。墙壁外面,生命低哑而深沉的律动节奏,在海上与港口竭力跳动,那感觉离他那么远又那么近。六点的钟声响起,他解脱了。这天是星期六。

一回到家他就上床睡到晚餐时间才醒来,给自己煎了几个鸡蛋充当一餐(没配面包,因为他忘记买了),然后又躺回床上,一觉睡到隔天早上。他睁开眼时,已经差不多接近午餐时间,略做梳洗之后便下楼吃饭。餐后上楼回到家里,他做了两则填字游戏,仔细地剪下一则克鲁申嗅盐的广告,贴在剪贴簿里,跟他搜集的许多滑

---

* "捕鳕船赦罪朝圣节"(Pardon des Terre-Neuvas)是法国布列塔尼(Bretagne)地区曾奉行长达五世纪之久的宗教庆典。捕捞鳕鱼是布列塔尼的重要经济活动,朝圣节的用意是为捕鳕渔民的起航与回航祈福和乞求赦免。

稽爷爷从楼梯扶手滑下来的漫画贴在一起。弄好之后，他洗了手到阳台上坐下。午后天气晴朗，不过路面油亮亮的，行人稀疏且匆忙。他专注地盯着每一个路人，一旦那人走出视线范围，便回过头来换另一个重新开始。起初来的是外出散步的一家人，两个小男孩穿着水手服，短裤长过膝盖，在他们浆洗得硬挺的套装里，显得有些笨拙；小女孩打着粉红色蝴蝶结，脚下踩着一双黑色漆皮鞋；跟在他们后面的母亲一身栗色丝绸洋装，身形壮硕的她这身打扮，仿佛蟒蛇捆着一头巨兽那般突兀；父亲看上去则优雅多了，手里握着一把手杖。他们走后不久，来的是社区里的年轻人，梳着油头，打着红领带，穿着板型特别凸显腰身、口袋绣着花的西装外套，脚上蹬着方头皮鞋。他们赶着搭电车到市中心的戏院去，边跑边笑得很大声。他们走后，路上渐渐变得清冷。所有表演都已经开场，整个社区现在全是店老板和猫的天下。沿街成排的榕树上方，晴空虽然万里无云，澄澈如洗，却不见灿烂阳光。梅尔索对面的烟草铺老板，搬出一张椅子摆在店门前，整个人跨坐上去，两只手搭着椅背。刚才还挤满人的电车，如今几乎空了。名叫"皮埃罗之家"的小咖啡馆里，侍者在空荡荡的桌椅间清扫地上的碎屑。

梅尔索转过椅子学烟草铺老板跨坐，接连抽了两根烟。他回房里掰了一块巧克力，再回到窗边吃。不久后，天空突然变得阴暗，但马上又恢复晴朗。飘过的乌云仿佛为整条路留下了降雨的预兆，令景物变得阴沉。五点一到，一班班电车在当当声中抵达，从郊区的足球场载回一群群挂在车栏杆和站在踏板上的观众。随后而来的班次，从乘客随身带着的小行李箱可以看出，载的是同场球赛出赛的球员。他们放声高歌，为自己球队的胜利呼喊万岁。其中有好几个人朝梅尔索比手画脚，有一个还喊道："我们赢了！"梅尔索只回了一个"好"，并点头示意。这时，车流开始涌现，有些车辆在尾翼和保险杠上缠满了鲜花。接着，天色再次转变。屋顶上方，天空微微染红。随着夜晚降临，街上重新热闹起来。散步的人潮陆续回笼。累了的孩子们不是哭着，就是任大人拖着，踉跄地向前走。这时，社区里的戏院涌出散场人潮。梅尔索从其中年轻人果断有力又浮夸的手势，读懂了他们对刚才看完的这部冒险电影不自觉流露的观感。从市中心戏院回来的人们则晚些才到。他们看上去比较严肃。在肆无忌惮的戏耍笑闹里，他们的眼神和举止，对于电影中呈现的辉煌人生，仍透露出一股向往之情。他们在街上逗留、徘徊，最后在梅尔索对面的骑楼上，分为两组人马：一群是社区里的少女，没戴帽子，手钩着手；另一群则是少年们，对着她们调笑，女孩们笑得花枝乱颤，频频回头。不苟言笑的人们走进咖啡馆或来到骑楼上，形成一个个小团体，好像一拨拨路过人流中的小岛。电灯点亮了道路，使得夜晚第一批升空的星星光芒黯淡。灯光里，梅尔索楼下川流不息的人行道逐渐清明。街灯照得油亮的路面闪闪发光，间歇驶过的电车车灯映射在油头、湿润的唇瓣、唇红齿白的微笑或纯银手链上。不久，电车班次变少，树梢上方夜色渐浓，不知不觉中街区已是人烟稀少，到第一只猫缓缓穿过马路的时候，街道终于又恢复荒凉。梅尔索想起该吃晚饭了。因为靠在椅背上太久，他有些肩颈酸痛。他下楼买了点面包和意大利面，煮好了吃掉，接着又回到窗边。人群从餐厅里离开，天气转凉了，他打起寒战。他关上窗户，回到壁炉上方的镜子前。夜晚，除了玛尔特来家里或跟她一起出去，还有给突尼斯的朋友写信的时候，他的整个世界就是发黄的镜子里映照出来的房间，里头显现的是一盏满是尘垢的油灯，旁边躺着几块面包。

"又过了一个星期天。"梅尔索说。

Ⅲ

　　夜晚，当梅尔索在路上漫步，自豪地望着夜色中的流光与晕影也在玛尔特脸上交替闪烁之时，所有的事物对他来说，都变得不可思议地轻而易举，好似这样就能带给他力量和勇气。她每天往他眼里、心里浇灌的动人美貌，宛若最香醇的美酒使他沉醉其中，他甚至感谢她能在公众场合与他出双入对，好让他尽情炫耀。然而，无论玛尔特是姿色平平、可有可无的存在，还是看见她因感受到男人的渴望而喜悦、快乐，都会令他同样痛苦。这天晚上，他在电影快开场前跟她一起进入戏院时，原本是很开心的。影厅里几乎座无虚席，她走在他前面，美丽的脸庞带着花一般的微笑，不可方物的娇艳过于摄人心魄，周遭投射过来的尽是仰慕的目光。而他则手里握着毡帽，感到自己内心流淌着一股不寻常的超然，像是一种维持自身优雅的内在意识。他表露出疏离而严正的神情，夸大展现自己的绅士风度，侧身礼让女带位员通过，并在玛尔特入座前，体贴地先把椅面放下。而比起想营造对女士彬彬有礼的形象，他这么做其实更多是出于满心的感激之情，进而让他对所有其他的人也满是爱与善意；连给带位员过于慷慨的小费，也是因为他不知道该如何偿付自己的喜不自胜。透过这种日常生活中的举措，他传递着对自己心中女神的恋慕，她灿烂的微笑在他的目光中，宛如油脂般闪耀。中场休息时，在镶满镜子的观众休息室信步而行，四面反射的都是他一脸幸福的模样，还有充满整间休息室高雅、活泼的景象；他深色的高大身影与一身浅色打扮的玛尔特的微笑也在其中。的确，他喜欢在镜中看见的自己，双唇含着香烟微微颤动，略微凹陷的双眼中，是再明显不过的激情与狂热。别大惊小怪，男人之美本就存在于对内心世界最实际、直接的反映。他脸上的神态说明了他的能耐，而报酬是女人风靡一时却毫无用处的美貌。梅尔索很清楚是什么满足了他的虚荣心，又挑逗着他不为人知的恶趣味。

回到放映厅里，他心想，如果自己是一个人来，中场休息他从来不会离场，而是偏好留下来边抽烟边聆听这个时候场内播放的轻音乐。不过今晚他可以继续玩这个情侣游戏，任何延长或让这游戏重来的机会，他都不会放过。然而，入座的时候，玛尔特向一个坐在他们几排之后的男人打了招呼。轮到梅尔索点头示意的时候，他非常确定自己在那男人嘴角，看见了一抹淡淡的微笑。坐下时，他甚至没注意到玛尔特拍他肩膀想和他说话；若是在一分钟前，他还会对她这个动作沾沾自喜，因为这就像是她对他魅力的又一次认可。

"那是谁？"他问，毫无意外地等到一句自然到毫无破绽的"谁？"。

"你明知故问。当然是那个男的……"

"噢。"玛尔特回道，然后沉默不语。

"所以呢？"

"你一定要知道吗？"

"不是。"梅尔索说。

他微微偏头往回看。那男人望着玛尔特的后脑勺，面容仿佛静止了一般，一动也不动。他长得蛮帅的，一双嘴唇美而红，双眼目光却没有任何温度，让整张脸有点像戴着面具般扁平而僵硬。梅尔索感觉体内的血液逆流冲上了太阳穴。在他变得暗黑的视线前,过去几个小时以来,他在这理想的场景中所体验到的绚烂与光彩,一瞬间突然蒙了尘,变了调。他还需要听她说什么呢?他可以肯定,这男人一定跟玛尔特睡过。而在梅尔索心中逐渐蔓延放大的,是对"那男的可能会怎么想"的恐慌。他很清楚,因为他也曾经有过暗恨"你就继续得意吧你……"的时候。一想到这男人此时此刻脑海中也会浮现玛尔特在快感来临的时候,把手臂搁在眼睛上的习惯动作,以及这男人也曾经试着分开这双手臂,好仔细端详女人眼中澎湃汹涌的极乐暗潮,梅尔索感到了内心自满堡垒的坍塌崩坏。在他紧闭的双眼之下,电影下半场开演的铃声响起时,狂怒与激愤的泪水开始充盈肿胀。他忘了玛尔特不过是他欢愉的借口,现在也不过是又变成了他宣泄怒气的代罪羔羊。良久,梅尔索一直合着眼,睁眼时直视着银幕,看到的是一辆汽车翻覆的场景。在负责伴奏的乐团的一片静默中,一只轮胎持续孤独地慢慢旋转着,牵动了他狭隘的执拗里,心里的黑暗催生的所有羞耻与屈辱。不过,急需确认事实的执念,还是战胜了他的自尊:

"玛尔特,他是你的旧情人吧?"

"对，"她回答，"可是我现在想好好看电影。"

从这天起，梅尔索真正开始在乎玛尔特。几个月前结识她的时候，他便惊艳于她的美丽和优雅。她那张有点宽却很端正的脸庞上，生着一双金黄色的瞳孔，唇上涂的唇膏也红得恰到好处，就像某个从画中步入凡尘的女神。她眼中闪烁着一种天然的娇憨，与她冷漠疏离、事事无动于衷的神态，形成了鲜明的反差。在此之前，梅尔索每次与女人交往的时候，在最初关系确立了以后，就会因为意识到男女关系的不幸在于爱与欲望的表达方式如此雷同，而让分手的念头在他拥对方入怀之前，就已经在脑海中浮现。然而玛尔特的出现，正是梅尔索想摆脱一切，包含他自己的时候。只有对生活还抱有希望的人，才会渴望追求自由和独立；对梅尔索而言，那时什么都不重要了。玛尔特第一次柔若无骨地倒在他怀里时，双方轮廓因距离太近而变得朦胧，她那对原本宛如画中花、静止不动的双唇，突然变得鲜活起来并向他靠近，那时他从这个女人身上看到的不是未来，而是自己所有欲望都为她凝聚，并浸淫在这个美好的表象里。她偎依过来的红唇仿佛热情匮乏、充斥欲望的世界向他招手的信号，他空乏的心将在那里得到满足。这对他来说简直就是个奇迹。他的心脏动情地快速跳动着,让他差点以为这就是爱情。而当他与她在唇瓣间缱绻缠绵许久,接着用牙齿去感受她饱满有弹性的肌肤时,他激烈地啃噬着的其实是一种原始而粗暴的自由。那天起,她就成了他的情人。一段时间过去,他们在床笫之间可说是非常完美和谐。然而,进一步了解她之后,他渐渐失去了单凭直觉在她身上发现的陌生悸动;而有时在俯身亲吻她的时候,他还尝试着重新找回那种感觉。正因如此,习惯了梅尔索的矜持和淡漠的玛尔特,从来搞不懂为何有天他会在拥挤的电车里向她索吻。惊诧慌乱中,她绷紧了双唇。他恣意地亲吻着她,先是用自己的双唇温柔地品尝,然后又缓缓地啃咬。"你是哪根筋不对?"她接着对他说。他报以她喜欢的微笑,一闪即逝却说明了一切的微笑,然后他说:"我想做点出格的事。"然后又陷入沉默。帕特里斯说话用的字眼也令她困惑。欢爱后,在完全得到解放而舒缓的身体里,慵懒的心就像面对一只温驯的小狗那样,有的只是满满的温情爱意。这时候梅尔索会微笑着对她说:"你好啊,表象。"

　　玛尔特是个打字员。她并不爱梅尔索,但在自己还对他有兴趣，跟他在一起能满足她的虚荣心的前提下，她还是蛮喜欢他的。梅尔索介绍埃马纽埃尔给她认识的时候，埃马纽埃尔说："您知道吗，梅尔索是个不错的人。他肚子里有点东西，可是他不拿出来说嘴。所以，人们常会看走眼。"从那一天起，她就对他特别好奇。既然他能在床上满足她，让她快乐，她也再没什么可奢求的，便尽其所能去迎合这个沉默的、几乎不吵不闹的情人，毕竟他从来不会要求她什么，且她愿意过来的时候，他也都欣然接受。只是在这个找不出一点破绽的男人面前，她还是有些别扭和不安。

然而这天晚上走出戏院时，她明白原来梅尔索也会受伤。她整晚都保持缄默，并在他家过夜。他没有碰她。不过从这时开始，她开始懂得利用自己的优势。她已经告诉过他自己有过别的情人。她知道怎样找出必要的实证，来验证自己的想法。

隔天她一反常态，一下班就到他家来找他。他那时睡得正甜，她就坐在铜床的床脚等着，没有叫醒他。他只穿着衬衫，袖子卷了起来，看得到晒黑的结实前臂。他规律地呼吸着，胸膛和小腹也跟着律动。眉间的两道皱褶，给人充满力量和执拗的感觉，这是她再了解不过的他。他鬈曲的刘海儿落在小麦色的前额上，透过发丝可见一条血管清晰跳动着。睡梦中的他呈现全然放松的状态，宽大的肩膀下，一双手臂自然地垂放在躯干两侧，一条腿半弯着，宛如孤独而倔强的神祇，于沉睡时被遗弃在全然陌生的世界。望着他因困倦而嘟翘微肿的双唇，她突然萌生对他的渴望。而就在这时，他半睁开眼又闭上，不带情绪地说道：

"我不喜欢别人看我睡觉。"

她跳上来抱着他的脖颈亲吻他。他始终一动不动。

"噢，亲爱的，你这又是什么毛病。"

"别叫我亲爱的好不好，我不是跟你说过了。"

她依偎着他躺下，望着他的侧脸。

"我好奇你这模样是像谁。"

他提了提自己的裤头，转过身不理她。在电影院、跟陌生人在一起或是到剧场看表演的时候，玛尔特经常能点出梅尔索的习惯动作或口头禅。借此，他能回过来印证自己对她的影响，这个往往让他很得意的习惯，今天却让他很是厌烦。她贴紧他的背，用胸部和小腹去感受他睡醒后周身散发的体温。暮色很快降临，整个房间不久就被黑暗笼罩。楼房内传来小孩子挨打的哭声、猫叫声和摔门声。路灯照亮了阳台。入夜后难有几班电车经过。这些嘈杂过后,社区里茴香酒和烤肉的气味飘了上来,房间里涌进阵阵浓烈的食物味道。

玛尔特感到困意在自己脑海中蔓延。

"你看起来像在生气,"她说,"昨天你已经不高兴……我是因为这个才过来的。你没有什么想说的吗?"她摇了摇他的肩膀。梅尔索还是一动也不动。他在已变得深沉的夜色中,紧盯着梳妆台下一只鞋隐隐发亮的轮廓。

"你知道,"玛尔特说,"昨天那个男的,好吧,我吹牛的,他不是我以前的情人。"

"不是吗?"梅尔索问。

"总之,不算是。"

梅尔索什么都没回。他看得非常清楚,那人的动作、笑容……他咬了咬牙,然后起身,打开窗户,再回到床上坐下。她蜷缩着身子靠着他,把手伸进他衬衫的两颗纽扣间,抚摸着他的胸膛。

"你有过多少个情人?"他终究是问出口了。

"你好烦啊。"

梅尔索不说话了。

"十几个吧。"她说。

梅尔索这人只要一困就想抽烟。

"我认识吗？"他边说边拿出一包烟。

映入他眼帘的不是玛尔特的脸庞，而是她洁白无瑕的肌肤。"跟你有过亲密关系的。"他想。

"有几个吧，在这个社区里。"

她把头靠着他的肩膀摩挲着，用小女孩般脆生生的声音撒娇，她每次只要一这样，梅尔索的态度就会软化。

"听着，丫头，"他说（一边点燃了香烟），"你要答应把他们的名字都告诉我。至于其他我不认识的人，你也要保证如果我们在路上碰到，你要指给我看，知道了吗？"

玛尔特往后跳开：”我才不要！"

窗外突然传来粗暴的汽车喇叭声，一声，然后又长按两声。电车的当当声在夜阑人静时分格外刺耳。大理石梳妆台上，闹钟发出冷清的嘀嗒声。梅尔索勉为其难地解释道：

"我会提出这样的要求，是因为我有自知之明。如果我不知道他们是谁，以后我每遇到一个男的，同样的情况都会重演。我会自己纠结、疑神疑鬼，我会胡思乱想。

没错，我会满脑子停不下来地猜想。我不知道你能不能懂。"

她太懂了。她把名字全报了出来，只有一个梅尔索不认识。最后一个年轻男人是个熟面孔，他原先就猜到这男的一定有份，因为他知道这人长得帅，又很受女生欢迎。男欢女爱令他感到震惊（至少是第一次）的地方在于，女人在亲密关系上能接受那么可憎的尺度，以及她的体内容纳了一个陌生人的事实。在这种放任纵情、无所顾忌与意乱神迷当中，他体认到了激情令人昏了头、使人不堪又可鄙的魔力。他最先想象到的玛尔特和她情人的亲密关系就是如此。这时候，她坐到了床边，将左脚放到右腿上，脱掉一只高跟鞋，然后是另一只，放手让它们落下；一只鞋顺势侧倒在地，另一只任鞋跟支撑直立着。梅尔索感到呼吸困难。胃里有什么东西翻涌，折磨着他。

"你跟勒内一起时也是这样？"他笑着问。玛尔特抬起头来。

"你脑子里都在想些什么，"她说，"我跟他只在一起过一次。"

"哈！"梅尔索冷笑。

"而且，我连鞋子都没脱。"

梅尔索站起身。他能看见她衣着完好地仰躺在跟这张床很像的另一张床上，倾尽所有、毫无保留地沉浸在欢爱中。他大叫："闭嘴！"然后朝窗户走去。

"噢，亲爱的！"仍坐在床上的玛尔特说道，双脚只穿着丝袜踩在地上。

梅尔索冷静下来，凝视着轨道上的光影变幻。他从来不曾觉得自己离玛尔特这么近过，并且意识到在他为她多敞开一分心房的同时，自尊心也使他变得盲目。他走回她身边，用弯曲的食指和拇指，从耳下环住她的脖颈，感受到肌肤的温度。他微笑。

"还有那个札格厄斯，他是谁？这些人里头我不认识的只有他。"

"他嘛，"玛尔特笑着说，"我跟他还有来往。"

梅尔索收紧了掐在柔嫩肌肤上的手指。

"他是我的第一个男人，你知道吗？我那时年纪很小，他比我大一点。现在他的两条腿截肢了，一个人孤零零地过活，所以我有时候会去看他。他是个有文化的好人，总是在看书。他以前是个学生，是个风趣、爱笑的人。总之，就是这样。而且他说的话跟你一样。他跟我说:'过来这里,表象。'"

梅尔索思忖着,然后放开了玛尔特,后者在床上躺下,闭上眼睛。一会儿过后,他在她身边坐下,覆上她微张的双唇,找寻其中动物原始神性的迹象,并试图忘记自尊心受辱的痛苦。然而他在一吻过后便点到为止,没有再进一步。

送玛尔特回家时,她跟他聊起札格厄斯。"我跟他提过你,"她说,"我告诉他,我的爱人长得很帅也很能干。于是他跟我说,他想要认识你;因为,就像他自己说的:'欣赏美的肉体能帮我支撑下去。'"

"又是个复杂难懂的人。"梅尔索说。

玛尔特想讨他欢心,并且相信到时候一定可以上演一场情敌相见分外眼红的吃醋小戏码。她在心里筹划着,而且某种程度上,她也觉得这是自己欠他的。

"噢,论难懂,他还比不上你那些朋友呢。"

"什么朋友?"梅尔索问,他是真的觉得很意外。

"两个小傻瓜,你知道的?"

两个小傻瓜指的是萝丝和克莱尔。这两个突尼斯的女学生,是梅尔索这辈子唯一结识后持续鱼雁往还的人。他听了只是笑笑,一边把手搭在玛尔特的后颈上。

他们步行了很久。玛尔特住的地方靠近练兵场。长路漫漫，往上看，所有窗户都点着灯，透出光芒，然而往下一看，所有商店都已打烊，漆黑又阴森。

"告诉我，亲爱的，你没爱上那两个小傻瓜吧，嗯？"

"噢，当然没有。"梅尔索回答。

他们继续走着，梅尔索的手搭在玛尔特的后颈上，感觉着手背上头发热烘烘的温度。

"那你爱我吗？"玛尔特单刀直入地问道。

梅尔索听完忍不住爆出一阵大笑。

"这真是一个颇严肃的问题。"

"回答我。"

"得了吧，在我们这个年纪，没有爱不爱这回事。我们就是找个喜欢的人，在一起图个开心，仅此而已。等到以后，当我们老了，力不从心了，才能去爱。在我们这年纪，爱情是我们的自以为是。除此以外别无其他，就是这样。"

她看起来有点伤心，他凑上去亲吻她。"再见，亲爱的。"她说。梅尔索取道一片漆黑的路回家。他走得很快，清楚感觉到大腿肌肉反复牵动长裤平滑布料的触感。他想起札格厄斯和他被截肢的双腿，突然很想结识他，并决定请玛尔特帮忙引见。

梅尔索第一次见到札格厄斯时，其实有些恼怒；尽管札格厄斯已经试着压下同一个女人的前任与现任情人相见能够想象得到的尴尬与不适——而且是在女方也在场的时候。为此，他试着将玛尔特当作所谓"好女孩"对待，并且故意大刺刺地谈笑风生，希望如此能让梅尔索心领神会地跟自己站在同一边，可惜对方始终不为所动。等到梅尔索跟玛尔特独处时，他更忍不住立即对她吐露自己的感受。

"我不喜欢四肢不全的人，我看到他们就不舒服，没办法思考。四肢不全还大言不惭就更让人讨厌了。"

"噢，你这人，"一头雾水的玛尔特回答道，"要是别人听到你这样说……"

札格厄斯青涩的笑声本来的确惹恼了梅尔索，但后来却吸引了他的注意，引起了他的兴趣。再加上看到札格厄斯本人以后，左右他判断的那份隐藏得很拙劣的妒忌，也烟消云散。于是当玛尔特一脸无辜地回忆自己结识札格厄斯的情景时，他劝告对方道：

"不必浪费时间。我没办法去嫉妒一个已经没有腿的男人。一想到你们两个在一起的画面，对我来说就好像一只肥大的虫子爬在你身上。所以你懂吗，这只会让我发笑。别白费力气了，我的天使。"

在这之后，他单独回去找了札格厄斯，后者说了很多，说得又快又急，大笑，然后又沉默不语。梅尔索在札格厄斯待的偌大房间里感觉很自在，喜欢欣赏他的众多藏书和摩洛哥铜器，以及望着书桌上高棉*佛像庄严的面容，映照着炉火的光辉。他甘于当札格厄斯的听众。这个双腿残废的人会在三思后才发言，让他特别印象深刻。至于其他，压抑的热情，以及尽管只剩荒谬可悲的残缺之躯，体内却始终燃烧着对生命光与热的向往，都已足够留住梅尔索，并令他心底萌生只要再多一分毫无保留的信任，就能称作"友谊"的情感。

---

* 今柬埔寨。高棉（Khmer）是该国最主要的种族名称，该国使用的语言为高棉语。佛教为该国国教。

IV

　　这个星期天下午，在热烈地谈笑风生之后，罗兰·札格厄斯转为沉默，坐在他宽大的轮椅上，挨近炉火，身子堪堪从白色盖毯中露出。梅尔索背靠着书柜，透过白色丝绸窗帘，望着窗外的天空和乡间景色。他来的时候路上正下着毛毛细雨，因为怕太早到，还在田野间闲晃了一个钟头。天色阴暗，虽然听不到风声，寂静中梅尔索却看见小山谷里树木和树叶弯曲扭动的样子。一旁路上有一辆送牛奶的马车经过，发出一阵阵铁与木互相撞击的哐当噪声。几乎是同一时间，雨势变大了起来，又密又急，瞬间朦胧了窗景。倾盆的雨水就像为玻璃蒙上了厚厚的一层油，远方传来空洞的嗒嗒马蹄声，现在比车子的嘈杂更声声入耳。沉闷又持久的骤雨声，炉火边一动不动仿佛雕像的男人与整个房间里的寂静无声，加起来仿佛一张泛黄褪色的照片；那隐隐的忧郁与伤怀，渗透并感染了梅尔索的心；一如刚才雨水浸湿他的鞋子，寒意肆无忌惮地穿透他薄薄的长裤，侵袭他的膝盖。不久前落下的水汽，非雾非雨，宛如一只柔软灵巧的手，清洗过他的脸庞，让他有着严重黑眼圈的一双眼睛无所遁形。现在他凝视着天空，看着从天际线远处不断飘来的乌云，很快就退去又被新的补上，如此不停地重复交替变换。长裤上的褶皱消失殆尽，一个正常男人穿着它，在一个属于自己的世界行走的温度和自信也随之而去。因此，他靠近炉火和札格厄斯，在后者面前坐下，他身体的一部分笼罩在壁炉高度形成的阴影里，并继续面朝着天空。札格厄斯看了他一眼，又回过头来将左手握着的一团纸丢进火焰里。从这个一如既往的荒谬动作中，梅尔索感受到了这不完整的残躯带给自己的不自在。札格厄斯微微一笑，但不发一语。他突然间朝梅尔索的方向向前倾身，火光只将他的左颊照得发亮，但他的声音和目光中充满着某种难以名状的炽热。

"您看起来累了。"他说。

心虚的梅尔索只回答："对，我心烦。"片刻后他重新站起来，向窗边走去，一边看着外面一边继续说："我想结婚，想自我了断，或是订阅《画报》*。总之是想做点什么来反映我的绝望。"

对方笑道：

"您很穷啊，梅尔索。您之所以生无可恋，有一半是源自于此；而另一半，得归咎于您对贫穷逆来顺受的荒谬态度。"

梅尔索始终背对着他，望着风中摇曳的树林。札格厄斯用手抚平双腿上盖的毯子。

"您知道，人总是会以自己在生理需求与精神需要之间能够取得多少平衡来做自我评价。这就是您正在做的事，梅尔索，而且您对自己毫不留情。您过得很不好。全无尊严可言。"他转头面向帕特里斯，"您喜欢开车，对吗？"

"对。"

"您也喜欢女人？"

"只要是美女的话。"

---

*《画报》(*L'Illustration*) 是 1843 年到 1944 年间于巴黎发行的法语周报，也是法国第一份将新闻图像化的报纸。

"我就是这个意思。"札格厄斯朝炉火转回头去。

片刻后他开口道:"所有这些……"梅尔索转过身,背靠着窗户,他身后的玻璃因受重略微显现出弯曲的弧度。他等着听这句话的后半段,札格厄斯一直都没有往下说。一只意外造访的苍蝇,挨着窗玻璃嗡嗡地拍着翅膀。梅尔索转过头,用手掌将它困住,又将它放出。札格厄斯看向他,有点犹豫地对他说:

"我谈天不喜欢太认真。因为这样一来,我们能聊的就只剩一件事:证明自己存在的意义。对我来说,面对这双残废的腿,我不知道要怎么证明。"

"我也不知道。"梅尔索说,没有转过身去。

札格厄斯突然发出爽朗的笑声。"谢谢。您没给我留下一丝虚妄的幻想。"他换了另一种语气继续道:"不过您这样冷酷无情并没有错。但我有件事还是想跟您说。"气氛变得严肃,他停了下来。梅尔索过来在他面前坐下。

"听着,"札格厄斯重新开始说道,"看看我,大小便都要人帮忙,完事后还要帮我洗一洗,擦干净,更惨的是,这还得我花钱请人来做。然而,我又绝对不会采取任何行动,去缩短自己如此坚定信仰的生命。我还能接受更糟的情况,目不能视,口不能言,甚至所有您想象得到的残疾,只要我能感受到体内炽热的幽幽火苗还在,就代表了我的存在,代表我还活着。我脑海中只有一个念头,就是感谢生命之神,让我的火苗还能继续燃烧。"语毕,札格厄斯往后一靠,呼吸变得有点急促。现在他整个人几乎消失在毯子之下,只剩布料反射在下巴上的苍白光泽最是清晰。他又接着说:"至于您,梅尔索,以您健全的身体,您唯一的义务就是好好地活下去,让自己快乐。"

"别开玩笑了,"梅尔索回道,"我每天得在办公室待上八个小时啊!要是我能真的自由自在,唉!"

他回答的时候显得生气勃勃,就像有时候希望使他重新振作一般,而今天因为受到了关心和鼓励,表现得又特别强烈。他突然有了自信,觉得自己终于得以放下心防。他平复了一会儿自己的心情,将香烟捻熄,然后更从容地继续道:"几年前,我曾有过大好前程,大家会跟我讨论我的人生、我的未来可以如何规划。我都说好,我甚至做了该做的努力,好让一切成真。然而在那个时候,这些事便好像都与我无关。专心成就庸庸碌碌、平淡无波的一生,这就是我心心念念的事。不要幸福快乐,'反对'。我表达得不是很好,但您懂的,札格厄斯。"

"我懂。"对方回答。

"直到现在,如果我有闲暇……我只会放任自己得过且过。遇到任何预料之外的事,对我来说,都会像落在小石子上的雨滴一样,那会让它降温,变得清新凉快一些,也已经非常美好。换成另一天,它还是会被太阳晒得发烫。我一直都觉得,幸福不折不扣就是这么一回事。"

札格厄斯双手抱胸。在随之而来的静默中,暴雨看上去下得变本加厉,乌云在朦胧难辨的迷雾中不断膨胀扩散。房间里变得更为阴暗,就像是天空将自己负载的阴影和缄默倾泻了进来。接着,札格厄斯饶有兴趣地说道:

"肉体总是有其应得的理想境界。想要耐得住小石子的理想境界,恕我直言,还得拥有超乎常人的体魄。"

"没错,"梅尔索有点惊讶地回道,"但也不用过度夸大。我做很多运动,仅此而已。而且在体验快感上,我的能力还是很可观的。"

札格厄斯思索着他的话。

"嗯,"他说,"那真是太好了。了解自己体能的极限,这才是如假包换的心理学。再说这并不重要。我们没有时间做自己。我们只有时间让自己快乐。不过，您介不介意跟我说明一下您对庸碌平淡的定义是什么？"

"不介意。"梅尔索说，但接着便闭口不言。

札格厄斯喝了一小口茶，然后就放下他那还是满满茶汤的杯子。他喝得非常少，一天只愿意排尿一次。在强大的意志力驱使下，他几乎总是能成功减少每天的生活所需给他造成的种种耻辱。"积少成多，聚沙成塔。每一次努力的成果都等于创下新的纪录。"有天他曾经这么跟梅尔索说。这时终于还是有几滴雨水掉进了壁炉里，炉火因而发出嘶嘶声。打在玻璃上的雨水变得越来越多。不知哪里的门"砰"的一声关上了。对面的路上，雨中急速行驶的汽车好像一只只黑亮亮的老鼠，其中一辆长按了一声喇叭，声音在小山谷中回响，这空虚而凄凉的声音，将这世界的潮湿灰暗扩大到了极限，直到它的回忆对梅尔索而言，也成了这天空寂静与悲苦的一部分。

"请您原谅我，札格厄斯，但是有些事情我已经很久都闭口不谈了。所以我已经搞不清，或不那么清楚。当我检视自己的人生和其中暗藏的面向，我心底浮现的，是一种想激动落泪的颤抖。就像这天空一样，它是阴雨也是太阳，是日正当中也是午夜梦回。札格厄斯啊！我想起我吻过的红唇，我曾经一贫如洗的童年，还有某些时候曾让我志得意满的人生愿景和抱负。这些全都是我。我肯定其中有些时候，您也无法从中认出您所知道的那个我。在不幸中很极端，在幸福中不知节制，我不知道怎么形容。"

"您同时扮演着不同角色？"

"对，但不是玩票。"梅尔索激动地说，"每次当我想起在我身上痛苦和欢愉逐步演化的历程时，我都很清楚，我扮演的角色是最认真、最让人热血沸腾的。"

札格厄斯报以微笑。

"所以，您有想做的事吗？"

梅尔索愤慨地说：

"我得赚钱养活自己。我的工作，别人可以忍受这八个钟头，对我来说却是种阻碍。"

语毕，他转为沉默，点燃从刚才就一直夹在指缝间的那根烟。

"可是，"他在熄灭火柴前开口道，"如果我有足够的力量和耐性……"他吹熄火柴，在他的左手背上碾碎碳化的火柴头。"……我很清楚我能把自己的人生活得多么精彩。我将不再只是体验人生，而是成为我想要体验的人生……没错，我很清楚不顾一切的热情会将我填满。以前是我太年轻，才会让自己处于不上不下、无功无过的尴尬境地。今天，"他继续说，"我明白付诸行动、去爱、去受伤和痛苦，才是真的活着，但应该是以全然透明、坦然接受自己的命运为前提的活着；就像彩虹独一无二的倒影，为所有人带来的喜悦和热情，都是一模一样的。"

"是的，"札格厄斯说，"但是工作让您无法以这样的方式生活……"

"没错，因为我正处于愤愤不平的状态，这很不好。"

札格厄斯没有回话。雨停了，不过天空上的乌云又被夜色取代，现在黑暗几乎笼罩了整个房间，仅剩炉火照着残疾的屋主和梅尔索的脸庞。静默许久的札格厄斯，望着帕特里斯才说出："爱您的人可有苦头吃了……"他惊讶地打住，因为梅尔索突然暴跳起来，隐身在黑暗中的后者激动地发怒道："我没有任何义务回报别人对我的爱。"

"确实如此，"札格厄斯说，"不过就我观察，有一天您会剩下自己一个人,仅此而已。但还是请您坐下来听我说吧。您刚刚所说的深深打动了我,而这主要是因为您的分享,让我印证了自己所有人生阅历中习得的经验。我非常喜欢您,梅尔索。话说回来,这也是因为您的身体。是它让您懂得这些。今天我觉得我可以坦率地跟您说说我的心里话了。"

梅尔索慢慢地重新坐下,他的脸庞进到即将燃尽而染红的火光里。忽然,窗户的方框里,透过丝绸窗帘,可以感觉到新的一页已在这天夜晚开启。玻璃窗后面有什么转变,气氛变得和缓、放松。乳白色的微光洒落到房间里,而梅尔索从菩萨略带嘲讽和庄严的嘴唇以及镌刻的铜器上,看到了他如此钟爱的星月夜晚的轮廓,熟悉又转瞬即逝。仿佛夜神弄丢了他的云雾衬里,如今在他安详的光辉中闪耀着。路上,车流放缓了速度。山谷深处,突发的骚动预示着鸟儿们准备进入梦乡。别墅前方传来脚步声,在这宛如牛乳一般浸透着世间的夜色中,这声音传得更广,听起来也更响亮清晰。带红的火光、房里闹钟的嘀嗒声以及周围熟悉事物潜藏的故事中,稍纵即逝的诗歌正酝酿着,让梅尔索准备好以另一种心情,也就是出于互信和爱,来接受札格厄斯正准备说的话。他在椅子上略微往后仰躺，望着天空来聆听札格厄斯离奇的故事。

"我很肯定，"他开口道，"人要幸福一定要有钱，就这么简单。我既不喜欢将事情想得太简单，也不爱浪漫主义。我喜欢了解事情的本质。那么，我发现某些精英分子，在精神上以一种故作清高的态度，去相信金钱并不是幸福的要素。这很蠢，也大错特错，并且在某种程度上，还是种懦弱的表现。"

"您知道吗，梅尔索，对一个出身好的人来说，快乐从来不是什么难事。只要对命运照单全收，但不是出于自愿放弃，像众多虚有其表的伟人那样，而是出于真正对幸福的渴望。只不过，快乐需要时间，很多很多的时间。幸福也一样，源自长久的耐心与等待。而在大多数情况下，我们都把生命耗费在赚钱上头，并在必要的时候，用钱来换取时间。我从来最感兴趣的，就只有这个问题。这是很清楚、很明白的道理。"

札格厄斯停住并闭上眼睛。梅尔索固执地望着天空。片刻后，路上和乡间传来的声音变得悠远，札格厄斯缓缓地继续说道：

"噢，我很清楚大多数有钱人对幸福没有任何概念。

但这并不是问题。有钱就等于有时间。我的看法不会变。钱可以买到时间。什么都可以买到。有钱或成为有钱人，意味着有时间去享受自己应得的快乐。"

他看着帕特里斯说：

"我二十五岁的时候，梅尔索，我已经明白每个对幸福有概念、有意愿和有要求的人，都有权利变得富有。我觉得渴望幸福，是人心最崇高的特质。在我眼中，那让一切都变得理所当然。一颗纯粹的心已然足够。"

一直盯着梅尔索的札格厄斯，突然放慢了说话的速度，声音冰冷而生硬，仿佛想把梅尔索从他看上去漫不经心的状态中抽离出来。"二十五岁时，我开始想方设法致富。即便是要犯下欺诈行骗的罪行，我都没有退缩，面对任何阻碍，我都不会有一丝胆怯。短短数年之间，我就赚到了我所有的资产。想想看，梅尔索，总共将近两百万啊。世界为我敞开了它的大门，我在孤寂与欲望中梦想的人生，也随之一起向我招手……"停顿一会儿后，札格厄斯压低了声音继续道："我本来会有怎样的人生，梅尔索，如果不是一场意外几乎是当下就夺走了我的双腿。而我却没能结束这样的人生……现在，事情就成了这样。您很清楚，不是吗，您知道我不愿意残弱无能地度过余生。二十年来，我的钱财一直都在，离我那么近。我的日子过得那样简单朴实，只勉强花掉一点零头。"他用长满茧的双手抚上自己的眼皮，用更低的声音说道："千万别让残废的吻玷污了人生。"

这时，札格厄斯打开紧邻壁炉的小木箱，用手中的钥匙指着里面闪着金属光泽的精钢保险箱。保险箱上面有一封白色的信和一支黑色手枪。面对梅尔索不由自主流露的好奇目光，札格厄斯的微笑说明了一切。事情再简单不过。有天当他受够了被悲剧剥夺的人生，他在自己面前放了这封信，上面没有日期，但表明了自己希望离开人世的愿望。然后，他将枪取出放在桌子上，再拿起来抵着自己的前额，滑过太阳穴，甚至利用铁器的冰冷来给自己发烫的脸颊降温。他就一直这样持续了良久，任由手指在扳机周围游移，抚摸着保险装置，直到周围的世界变得万籁俱寂，他整个人也变得麻木昏沉，蜷缩在冰冷犀利的铁器能为他带来死亡的冲击里；体会到他只要在遗书里写上日期，扣下扳机，体认到死亡荒谬得如此轻而易举，他的想象力已足够丰富，能为极度恐惧的他描绘出否定生命对他而言意味着什么；所有在尊严与沉默中继续燃烧生命的渴望，也在半梦半醒之间随之消散。接着,完全清醒过来的他,口中的唾液满是苦涩,舔着手枪的枪管,将舌头伸进去,最后只能怨叹着无法实现的幸福结局。

"当然,我的人生是一败涂地,但我当时做得没有错——不顾一切追求幸福,对抗周遭世界的愚蠢和粗暴。"札格厄斯终于微笑,并补充道,"您懂吗,梅尔索,人类文明的所有卑鄙可耻和残忍之处,就在于天真又愚蠢地公认,快乐的子民没有过去。"

时间已经很晚了。梅尔索搞不清到底是几点。他的脑袋里满是狂躁不安的激动情绪,口中充斥着吸烟留下的热气和呛辣。周围的光线始终完美地掩护着他。从札格厄斯开始讲述自己的故事以来,他第一次看向了对方。"我觉得我懂。"他说。

残疾的屋主因用尽力气而疲惫非常,低低地喘息着。沉默一会儿后,他还是费力地说道:

"我希望能确认彼此已有了共识。不要让我说出金钱能买到幸福这种话。我只是想说,某种特定社会阶级的人,是可以去追求幸福的(只要有时间的话),而且有钱才能摆脱金钱的束缚。"

他陷在椅子和盖毯里,被包裹得严实。夜色在深沉中回归黑暗,现在梅尔索几乎已看不见罗兰。长久的沉默过后,出于想恢复交流,并在黑暗中确认那男人的存在,梅尔索站起身,仿佛试探地说道:

"这得冒很大的风险。"

"对。"另一方闷闷地回道,"但宁可赌它一赌,也比继续过另一种人生强。至于我,当然,那又是另一回事了。"

"受伤惨重,"梅尔索心想,"于世界上化为乌有。"

"二十年来,我未能体会些许幸福的感觉。这百般折磨的人生,我也许不会完全见识到其痛苦;而死亡令我害怕的,是它带来的确信感,确信我的生命会在没有我的参与下消耗殆尽。这种被边缘化的感觉,您懂吗?"

语毕没有停顿,黑暗中传来一阵非常爽朗、纯真的笑声。

"意思是,梅尔索,在我心底深处,即使身处这样的状态,我还抱有希望啊。"

梅尔索朝桌子的方向走了几步。

"您好好考虑一下,"札格厄斯说,"好好考虑一下。"

对方只是说:

"我可以点灯吗?"

"当然。"

罗兰的鼻翼和圆眼在灯光照耀下显得更为苍白。他竭力呼吸着。梅尔索因而握住他的手,他的回应是摇头并笑得有点太大声。"不必对我那么认真。您懂的,一直以来,人们面对我这双截肢的腿,脸上出现的那种悲哀的表情,会让我不自在。"

"他这是在嘲笑我。"另一位在心里这样想。

"只有幸福需要认真看待。好好考虑吧,梅尔索,您有一颗纯粹的心。好好想想。"接着,他看着对方的眼睛一会儿后说:"而且您还有两条腿,那就更好了。"

他微笑,然后摇铃喊人:

"赶紧走吧,小老弟,我得去尿尿了。"

V

这个星期天晚上,在回家的路上,梅尔索的全副心思都被札格厄斯的种种占据。在进入房间之前,他听到卡多纳,也就是那个桶匠的公寓里,传来呻吟的声音。他过去敲门,没有人回应。呜咽继续着,他没有犹豫,直接开门进去。桶匠倒在床上缩成一团,像个孩子般边哭边大声抽噎。他脚边放着一个老女人的照片。"她死了。"他费力地对梅尔索说。这是真的,但已经是很久以前的事了。

他是个聋人,半哑且脾气坏又粗暴。原本一直跟姐姐一起住,她却因受够了他的坏脾气和蛮横的作风,躲到孩子家里去了。剩下他自己孤独一人,一个大男人这辈子头一次自己做家务和下厨,这些让他不知所措。

他姐姐某天在街上遇到梅尔索时，把两个人争执的始末告诉了他。卡多纳三十岁，生得不高，但长得还算蛮帅的。他从小跟妈妈一起生活。她是世上唯一一个能让他有所忌惮的人，这份忌惮与其说是有什么充分的理由，不如说是出于迷信。他用他粗糙的灵魂爱过她，意思是他的方式既粗野又冲动；而这份孺慕之情最佳的明证，就表现在他花多大的功夫，用最低俗的粗话谈论神父和教会，借以逗弄这位老妈妈。而他之所以长期以来离不开自己的母亲，也是因为他没能让任何女人真的对他有过爱慕之情。不过，他还是能拿零星的艳遇或光顾妓院，来证明自己还是个男人。

母亲过世了。打从那时开始，他便跟姐姐一起过日子。他们住在梅尔索租给他们的房间里，两个人都在肮脏、恶劣与阴郁中煎熬不已、度日如年，他们连交谈都勉为其难，也曾一整天都没说上一句话。不过她已经离开了。自尊心太强的他，既无法出口埋怨，又不可能求她回来，只能一个人生活。早上，他到餐厅吃早餐，晚上在家吃些火腿香肠之类。他会自己清洗衣物和蓝色工作服，却任由房间变得黏腻，污秽到了极点。虽然刚开始有时他还会在星期天拿起抹布，试着把房间稍微弄得整洁一点；但曾经以鲜花巧妙装点的壁炉上，如今却摆着一只锅，他身为男人对此的一窍不通，正是体现在这种散漫和疏漏当中。他的所谓整洁，就是把杂乱隐藏起来，用靠枕遮挡七零八落的杂物，或是把乱七八糟的东西在厨房矮柜上排好。最后，他终究还是不胜其烦，索性连床也不再铺了，跟家里养的狗一起睡在肮脏发臭的被褥上。他姐姐曾跟梅尔索说："他在咖啡馆装作若无其事的样子，可是老板告诉我，她撞见他洗衣服的时候边洗边哭。"事实是，纵使他有一副铁石心肠，有时候还是会感到恐慌，使得他无人闻问的日子更显得无穷无尽。她告诉梅尔索，自己当然是因为可怜他，才跟他一起生活，而他却不让她见自己喜欢的人；虽然到了他们这个年纪，这已不是那么重要。那是个结了婚有家室的男人。他会给女友带些在市郊围篱采摘的花，还有他在市集挣来的橙子与利口酒。没错，他长得并不好看，但长得帅也不能当饭吃，而且他是那么真心实意。她珍爱着他,他也恋慕着她。这不就是爱情吗？她帮他洗衣服，极力帮他维持整洁、体面。他习惯在脖子上绑一条折成三角形的手绢，她就为他准备白得发亮的手绢，这也是最让她快乐的事之一。

然而另一个男人，也就是她的弟弟，却不愿意她见这个男朋友。她得偷偷地见他。有一次，她请他到家里来，意外撞见的两人发生了激烈的争吵。他们走后，三角形的手绢遗留在房间里肮脏的角落，她则跑到儿子家里避难去了。梅尔索看着门开启后眼前脏乱不堪的房间，突然想起那条手绢来。

那时候，形单影只的桶匠，其实是很让大家同情的。他跟梅尔索提起过自己有可能要结婚了，对方是个年纪比他大的女人，大概是禁不住对年轻、健壮男人抚慰的渴望。婚礼前她得到了她想要的，但没过多久，她的爱人便放弃了结婚的计划，说是他觉得她太老了。他又剩下自己一个人，独自待在这个区的小屋子里。渐渐地，脏污将他环绕、包围，朝他的床铺攻城略地，接着像无法抹灭的印记般将他吞噬、淹没。这屋子实在丑陋到令人憎恶。而对一个在家里不开心的穷人来说，若说有什么地方能随意进出、灯火通明且店员总是殷勤好客，那就是咖啡馆。这个小区的咖啡馆特别热闹，充满了熙熙攘攘人群的温热，也因此成了他最后的避难所，帮助他抵御对孤独的恐惧，维系渺茫的希望。半哑的男人决定把那里当成自己的家。梅尔索每天晚上都在那儿看到他。为了与那些人待在一块儿,他尽可能地延迟返家的时间,他就是如此这般,在人群里重新找到自己的位置。然而这天晚上,也许连咖啡馆都不足以消弭他的孤寂。回到家之后,他得取出这张照片,唤醒照片中逝去的过往回忆,想起他挚爱的母亲和调侃、逗弄她的温馨时刻。在丑陋可憎的房间,独自一人面对人生的徒劳,他用仅剩的最后的力气回想过去那段时光里,他曾经的幸福。至少他必须如此相信,这段过去与如今他可悲的当下的对照,必然在他心中激发了神奇的火花,因为他哭了。

每一次面对人生突变的时候,梅尔索都是无能为力的,而且对于这种动物本能的悲哀与痛苦满怀敬畏。他在肮脏起皱的被褥上坐下,把手放在卡多纳的肩膀上。面前铺着漆布的桌子上,凌乱地摆着一盏油灯、一瓶葡萄酒,旁边还有面包屑和一块奶酪,以及一个工具箱。天花板有不少蜘蛛网。自从母亲过世后就不曾踏入这个房间的梅尔索,靠着男人周遭黏腻、脏乱的惨烈程度,就能估计出他在房里移动的轨迹。面朝中庭的窗户是关着的,另一扇则只是勉强称得上半开着。装饰着一圈迷你扑克牌的煤油吊灯,将安详的圆形光圈投射在桌子上、梅尔索和卡多纳的脚上,以及一张离墙很近、面向他们的椅子上。卡多纳这时将照片拿在手里仔细瞧着然后又亲吻着,用他虚弱的声音说:"可怜的妈妈。"但是他可怜的是他自己。她葬在梅尔索熟悉的简陋墓园里,在市区的另一端。

他觉得该走了,刻意强调咬字,好让对方听清楚自己说的话:

"别——再——继——续——这——样——下——去——了。"

"我失业了。"另一方艰难地说道。他拿着照片,断断续续地说:"我曾经很爱她。"梅尔索在心里翻译:"她曾经很爱我。""她死了。"他听懂的是:"只剩我一个人。""她过生日时,我曾给她做了这个小桶子。"壁炉上有一个上过漆的小木桶,装饰着铜箍和闪着光泽的出水嘴。梅尔索放开卡多纳的肩膀,后者顺势倒在满是污垢的枕头上。床底下传来一声深深的叹息和一股令人作呕的气味。他的狗挺着腰慢慢爬了出来,将生着一双长耳朵和金色眼睛的头靠在梅尔索膝上。梅尔索望着那个小木桶。待在主人连呼吸都费力、肮脏不堪的房间里,手中感受到狗的体温带来的燥热,许久未曾感受到的绝望,又如潮水般向他袭来,不断高涨,将他淹没。他闭上了眼睛。面对不幸和孤独，他的心今天的回答是一个"不"字。被庞大的困苦所占据，梅尔索清楚感受到了他的叛逆与不甘，是自己知觉中唯一的真实；其余的，不过是悲惨与顺从。昨天他窗下热闹不已的那条路，如今又充斥着喧嚣嘈杂。露台下的花园传来一阵青草香气。梅尔索给了卡多纳一支烟，然后两个人都抽着烟没说话。最后几班电车陆续经过，带来记忆中还相当鲜活，人来人往、万家灯火的光景。卡多纳睡着了。很快地，满鼻子都是涕泪的他开始打呼。小狗蜷缩在梅尔索脚边，时不时翻身扭动，梦呓呻吟着。每动一下，它的气味就会朝梅尔索涌过来。他则背靠墙壁，尝试压抑心底对命运的不甘。油灯冒出黑烟，灯芯碳化，终于熄灭并冒出难闻的煤油味。梅尔索打着瞌睡，醒来时眼睛盯着那瓶葡萄酒。他一鼓作气努力站起身，朝最里面的窗户走去，然后站定不动。黑夜深处似有呼唤和寂静朝他袭来。这沉睡的世界尽头，有一艘大船鸣笛长声召唤，提醒人们是时候离开和开始新的生活。

隔天，梅尔索杀了札格厄斯，然后回家睡了一整个下午。他醒来时有点发烧。晚上，一直卧床未起的他请来了小区的医生，医生诊断出他感冒了。办公室有个同事闻讯来看望他，带回他的病假申请。几天后，事情全都有了下文：一篇新闻报道，一份案件调查。所有迹象都说明了札格厄斯举动的合理性。玛尔特来见梅尔索时叹道："有时候人们会希望跟他交换，过上他那样的日子；但有时候活着比起结束自己的生命，需要更多的勇气。"一个星期后，梅尔索坐船去了马赛。对所有人来说，他去法国是想好好休息。玛尔特收到一封从里昂寄来的分手信，尽管如此，受伤的也只有她的自尊心而已；同时在信里，他还告诉她自己已在中欧获得了一个绝佳的工作机会。玛尔特用留局自取的方式，回信诉说自己受伤的心情。梅尔索永远也收不到这封信，他在抵达里昂的隔天突然发了高烧，然后就跳上了开往布拉格的列车。其实玛尔特在信中告诉他的是，札格厄斯在太平间停留几日后便下葬了，并且用了很多枕头，才能在棺材里固定住他的遗体。

第二部　自觉死亡

I

"我想要一个房间。"男人用德语说道。

门房站在挂满钥匙的壁板前,与大厅之间隔着一张大桌子。他打量着这位刚进入旅馆的客人,后者肩上披着件宽大的灰色雨衣,边说话边把头偏向另一边。

"没问题,先生。住一个晚上吗?"

"不,我不知道。"

"我们有十八、二十五和三十克朗的房间。"

梅尔索透过旅馆的玻璃门,望着门外布拉格小路的街景。他的双手放在口袋里,头上没戴帽子,露出一头乱发。不远处,可听见沿着瓦茨拉夫大道驶过的电车发出的嘎吱声响。

"您想要哪一种房间,先生?"

"随便哪一种。"梅尔索回答道,始终盯着玻璃门看。门房从壁板取下一把钥匙递给梅尔索。

"十二号房。"他说。

梅尔索看上去像是突然觉醒过来。

"多少钱,这房间?"

"三十克朗。"

"太贵了。我想要十八克朗的房间。"

男人不发一语,另拿了一把钥匙,向梅尔索亮出钥匙上挂着的铜制星星:"三十四号房。"

坐在房间里,梅尔索脱下西装外套,将领带略微拉松而没有解开,然后不自觉地卷起了衬衫的袖子。他走向洗手台上方的镜子,看见的是一张消瘦的脸,因累积了好几天未刮的胡楂而显得有些泛黑。他的头发在经过火车长途旅行后变得蓬乱,零散地滑过额头,垂落在眉间的两条深纹上,这让他的眼神在严肃中带着温柔,令他自己看到都有些诧异。这时他才想起要环顾四周,好好看看这个可悲的房间,毕竟这是他现在唯一可以安身立命的地方。除此之外,他就再也没有其他的想法。灰底配大黄花、俗不可耐又令人作呕的地毯上,藏污纳垢的种种迹象,清楚描绘出这黏腻不堪的悲惨世界的全貌。巨型暖气设备后头,隐藏着满是油腻污泥的角落;电源开关已经破损,任由里面的铜触点裸露出来;房间中央的木床架上头,有条布满尘垢的电线,上面残留着风干已久的苍蝇排泄物;底下吊着没有灯罩的灯泡,灯泡上堆积的尘垢触手发黏。梅尔索检查了一下床单,发现它倒是干净的。他从手提箱拿出盥洗用具,一一摆放在洗手台上。接着他准备要洗手,水龙头才刚开他就又关上,转而去打开没有窗帘的窗户。窗外正对着有洗衣池的后院,还有开着一扇扇小窗的建筑外墙,其中一扇还晾着衣服。梅尔索上床躺下,并很快睡着。他醒来的时候浑身是汗,衣衫凌乱,在房间里来回打转了好一会儿。然后他点燃了一根香烟,坐下来,脑袋空空的,盯着发皱的长裤褶痕发呆。他的嘴里混杂着睡醒后的苦味和香烟的涩味。他又检视了一遍整个房间,一边隔着衬衫搔搔肋部上的痒。面对一再地自我放逐和孤独,他口中突然涌上一股可怕的甜味,他感觉自己离所有一切都那么遥远,甚至连发高烧的都仿佛是别人一般。他清楚不过地体会到,即便是万全准备的人生,其本质也是荒谬而可悲的。在这个房间里,呈现在他面前的,是以不正大光明也来路不明的手段,催生出来的不光彩也见不得光的自由样貌。时间疲软无力地从他周围流逝，整个世界的光阴，都如流沙般汩汩作响。

有人用力地大声敲门。如梦初醒的梅尔索这才想起，他曾被类似的敲门声吵醒过。他打开房门，看到的是一个矮小的红发老人，扛着两个行李箱，箱子在他身上明显大到不成比例，仿佛要把他压扁了一般。他气到说不出话来，稀疏不齐的牙齿间露出一滴满是谩骂与责难的口水。这时梅尔索才想起，比较大的那个行李箱提把坏了，搬的时候特别不方便。他原本想要道歉，但不知道如何解释自己不知道搬运工人年纪这么大。老人打断了他的思绪："总共十四克朗。"

"这是一天的行李寄存费用？"梅尔索惊讶地问。经过对方一番解释，他才明白原来老人是搭出租车来的。只不过他不敢说，早知如此他还不如一开始就选择自己叫车，由于懒得争论，还是付钱了事。门重新关上后，梅尔索感觉眼泪没来由地上涌，涨满了胸坎。附近有座钟敲了四下，他意识到自己睡了两个小时。现在他明白，自己跟马路之间只隔着对面那栋房子，并感觉到在那里流淌的生命，正默默地澎湃暗涌着。他想着自己最好还是出门走走。梅尔索非常缓慢地把手洗干净。为了把指甲磨得光洁整齐，他又重新在床边坐下，反复操作着锉刀。突然有警报器发出两三声鸣笛,声音在后院里回荡，促使梅尔索急忙跑回窗边查看。这时他才看见，屋舍下方有个通往马路的拱形过道，仿佛所有从路上传来的声音，所有房子另一边不相干的生命，拥有地址、家庭、与叔舅不合、饮食上有特定喜好、患有慢性病的人，这许多拥有不同个性的人，他们的声音就像震耳欲聋的脉搏，永久脱离了人群巨大的心脏，钻进过道，飘过整个后院，再爬上梅尔索的房间，然后像泡泡般在这里爆裂。在感觉自己变得如此易受影响，对世界上每个信号、迹象都如此专注的同时，梅尔索觉得自己向生命敞开了一道深深的裂缝。他又点燃了一根香烟，焦躁不安地整理仪容。在为西装外套扣上纽扣时，他被烟刺痛了眼皮。他回到洗手台擦洗眼睛以缓解不适，本想接着梳头，但他的梳子不知跑到哪里去了。他因睡眠弄乱了头发，尝试着梳理整齐，却只是白费力气。他就这样下了楼，头发遮住了大半的脸庞，后脑勺的地方全翘了起来。他感觉自己比之前更加虚弱了。来到马路上以后，他绕行旅馆一圈，找到了他刚刚发现的小过道。从这里可以通往旧市政厅广场，当有点沉闷的夜晚降临布拉格时，市政厅和泰恩老教堂的哥特式尖塔,在黑暗中仍旧清晰可见。熙熙攘攘的人群在一条条建着拱廊的小路里来来往往。梅尔索在每个从他面前经过的女人当中,寻找任意一个眼神的暗示,让他相信自己还有能力,在暧昧与温存中游戏人生。然而,健康的人自有其与生俱来的技巧,避开病患灼热的目光。蓄着胡楂、一头乱发加上宛如动物受惊的不安眼神,以及跟衬衫领子一样皱巴巴的裤子,这副模样的他,已经失去了身穿剪裁得宜的三件式西装,或在驾驶座上手握方向盘能展现出的绝佳镇定与自信。天光染上了橙红色,太阳还在广场尽头的巴洛克教堂金顶上流连不去。他选择走向两座教堂的其中一座,一进到里面,便被迎面袭来的陈旧气息所震慑,他在长椅上坐下。拱顶隐没在一片黑暗中,但金色柱头映射出金黄色的神奇液体,顺着廊柱的凹槽流泻而下,停在笑容虚浮的天使和圣者臃肿的脸庞上。的确,这景象很是柔美温和,安详平和,但同时又如此苦涩,让梅尔索不禁退回至入口处,站在台阶上,在回到已被夜晚笼罩的室外之前,他呼吸着此刻变得更清新凉爽的空气。就在这一瞬间,他看到了第一颗星星亮起,纯净而清晰,高挂在泰恩教堂的尖塔之间。

他转入较阴暗和行人较少的路上,开始寻找廉价的餐厅。白天没有下雨,地面却泥泞不堪,梅尔索在行走时只得避开稀疏铺路石间的黑水洼。不久,有一小滴雨水自天空落下。特别热闹的那几条路应该并不远,因为这里已经可以听得到小贩叫卖《国家政治》[*]日报的声音,而他这时却在原地打转。从黑夜暗处传来一股奇怪的味道,令他突然停了下来。刺鼻且微酸,这怪味唤醒了他所有的恐慌和焦虑,他甚至能感觉到那味道就在他的舌尖、他的鼻腔深处和他的眼睛里。它从远处飘到了街角,又来到了现在已经完全暗下来的天空和油腻发黏的石板路之间,始终挥之不去,仿佛布拉格夜晚降下的黑魔法。他追寻味道来源而去,渐渐地它变得越来越真实,将他完全占领,将他逼出了眼泪,令他束手无策,毫无招架之力。等他来到某个街角之时,他终于搞清楚是怎么回事:有个老妇人正在兜售醋渍黄瓜,就是这味道搞得梅尔索心神不宁。这时有个路人停了下来,买了一条酸黄瓜,老妇人用一张纸包好交给他。路人走了几步之后,

---

[*]《国家政治》(*Národní politika*)是二战前捷克最畅销的日报,从1883年开始出版至1945年停止。

在梅尔索面前打开包装纸，对着黄瓜狠狠地咬了一口，被咬破淌出汁水的黄瓜，散发出更加强烈的气味。再也经受不住的梅尔索靠着柱子，为这一分钟整个世界带给他的光怪陆离和孤寂，喘息了好长一阵子。接着他转身离开，毫不犹豫地走进一家传出手风琴乐声的餐厅。他往下走了几个台阶，停在楼梯中间，发现这是一个颇阴暗的酒吧，里面充斥着泛红的黯淡灯光。大概是他看上去有些格格不入，因为手风琴的演奏声转为低沉，交谈声也突然中止，客人们更是齐齐朝他看过来。角落里，女孩们吃得满嘴都是油；其他客人喝着微甜的捷克斯洛伐克黑啤，也有不少人只是吸着烟没有点菜。梅尔索在一张颇长的桌子旁坐下，同一张桌子只有一个客人。他又高又瘦，头发是黄色的，弯腰驼背地坐在椅子上，双手放在口袋里，紧抿着的双唇中叼着一根火柴。棒头的地方已经被口水浸得发涨，他还发出不甚悦耳的声音继续吸吮着，或是把它从嘴角的一端换到另一端。梅尔索坐下时，男人只是稍微换了换姿势，稳稳地靠着墙壁，将火柴换到新客人的这一端，并微不可察地眯起了眼睛。此时，梅尔索看到他的扣眼里别着一颗红星。

梅尔索吃得又少又快。他其实并不饿。手风琴的琴声现在转趋清亮，演奏的琴师紧盯着这位新来的客人；后者两次尝试武装自己的眼神与之对抗，但发烧让他感到虚弱，只得作罢。男人还是一直盯着他看。突然间，其中一个女孩大笑出声，红星男子用力吸吮他的火柴棒，上头冒出了一个小小的唾液泡；而一直没有移开视线的乐手，将活泼的舞曲告一段落，转而开始演奏一首仿佛承载了一个世纪的灰尘的缓慢而含糊的乐曲。这时门打开了，有新的客人到访。梅尔索没看到他，但随着门的打开迅速钻进来的，是醋和黄瓜的气味。那味道一下子充斥了整个阴暗的酒吧，与神秘的手风琴乐声混杂交融，让男人火柴棒的唾液泡膨胀得更大，让餐厅里的交谈声顿时变得更清晰可闻，仿佛从布拉格沉睡着的黑夜边界，所有代表古老世界邪恶与苦痛的内涵，全都来到了这个餐厅和食客间取暖。梅尔索正吃着一份过甜的果酱，感知突然放大到每一处神经末端，他觉得身上的裂缝正在继续扩大，强迫他容纳更多的焦虑和头昏脑热。他猛然站起身，招呼侍者过来，却听不懂对方说的任何一句话，以致结账时付了太多钱，再度看到乐手始终毫不掩饰地盯着他的目光。他经过男人身旁来到了门边，发现后者一直望着他刚才离开的那张桌子，这才明白原来他是个盲人。爬上台阶,他打开门,挺身走进始终如影随形的气味之中,从小路朝黑夜的尽头前进。

星星在万家灯火上方闪耀。他应该离河流很近,可以听见低哑却有力的水流声。来到厚实墙壁的小栅栏前,望着上头写满的希伯来文,他发现自己身处的地方是犹太区。一棵柳树在墙头垂下几枝柳条,微微带点香甜的味道。透过栅栏,可以看见几块被青草掩盖的褐色大石头。这里是布拉格的老犹太公墓。梅尔索跑着离开没多久,就抵达了市政厅的旧广场。接近旅馆的时候,他不得不停下来靠着墙费力呕吐。在极度虚弱赋予的极度清明下,他准确地找到了自己的房间,上床就寝,并马上进入梦乡。

隔天,他被报纸的叫卖声吵醒。天色还是很阴沉,但可以看得出太阳就躲在云层后面。虽然还是有点虚弱,但梅尔索感觉身体已经好些了,同时却想起自己要面对的,又是崭新、漫长的一天。必须如此与自己共处的日子里,时间仿佛被延展到了极致,一天当中的每一个小时,对他来说就像是蕴含了一整个世纪。首先,他必须避免重蹈覆辙,而最好的方法,就是有计划地参观这个城市。他穿着睡衣坐在桌前,为自己拟了一个按部就班的时间表，为一星期当中的每一天都安排好了日程；修道院和巴洛克教堂，博物馆和老城区，每一处都没有漏掉。然后他梳洗整装，这才发现忘了给自己买一把梳子，便只好跟前一天一样，顶着一头乱发、一语不发地下了楼。碰见门房时，在大白天的光线下，梅尔索清楚注意到了对方翘起的头发、惊愕的表情以及少了第二颗扣子的西装上衣。到了旅馆门口，他被稚嫩柔和的手风琴乐声吸引。前一晚的盲人出现在老城区旧广场一角，他蹲坐在鞋跟上，顶着同样空洞的表情和微笑演奏他的乐器，像是将自己释放出来，完全谱进了自己无法掌控的生命乐章里。梅尔索在街角转弯处，再次遇到黄瓜的气味。随之而来的，是他的焦虑和恐慌。

接下来的几天跟这一天一般无二。梅尔索很晚才起床，参观修道院和教堂，在那些地窖和焚香气味中寻找慰藉；然后，回到室外白日之下，又在每个街角遇上黄瓜小贩，与自己不可告人的恐惧重逢。他在这个气味里参观博物馆，欣赏着令布拉格处处闪耀着金黄璀璨与宏伟壮丽的巴洛克杰作，心领神会其丰沛与神妙之处。半明半暗深处的祭坛上微微闪耀的金色光芒，对他来说，像是从阳光和轻雾交织而成的红铜色天空借来的，那色调在布拉格上空是如此常见。金属涡纹和玫瑰花结，仿佛金纸制成的繁复装饰，与圣诞节为孩童布置的马槽如此相似，叫人感动莫名，梅尔索从中体会到巴洛克的伟大、奇特荒诞却井然有序的布局，像是人类用来抵挡自己心中魔鬼的一种狂热、天真烂漫又华美浮夸的浪漫主义。人们崇拜的上帝，在这里是敬畏与荣耀的对象，而非在大海与太阳的热情竞技前，与人类一起畅快欢笑的那位。一旦离开阴暗拱顶下灰尘的细微气味与虚无的氛围，梅尔索就又变回没有归属、没有去处的异乡人。每天晚上，他都会去城西的捷克修士修道院。在回廊的花园里，时间随鸽子振翅高飞，快速流逝；草地上有钟声轻轻缓缓地回荡；但跟梅尔索对话的，始终只有他未退的高烧。只是与此同时，时间也跟着消逝。然而又到了教堂和古迹景点都已关闭，餐厅尚未开始营业的时候。这也是最危险的时候。梅尔索在有许多花园的伏尔塔瓦河畔散步，傍晚时这里会有不少乐团。小船经过一个接一个水坝，往河川上游航行而去。梅尔索跟着它们一起逆流而上，告别震耳欲聋的噪声和闸门激起的翻腾水花，渐渐找回夜晚的平和宁静，然后再次往越靠近越显嘈杂喧腾的人声走去。抵达另一个新的水坝时，他看到几艘彩色的小船，屡次尝试通过水坝却总是翻覆，直到其中一艘通过了最惊险的点，在惊声喧哗中被推到汹涌翻腾的浪花之上。落下的水花夹带着尖叫声、音乐声、花园的气息、满满的落日的红铜色光霞，以及查理大桥上雕像扭曲又奇形怪状的阴影，让梅尔索痛苦又激动地意识到，自己身处于毫无热忱的孤寂中，爱已无立足之地。他在迎面而来的河水与树叶的香气前停下，觉得哽咽，想象着哭不出来的眼泪。此时如果能有一个朋友，或是有一个向他敞开的怀抱，其实就已足够；然而，泪水在他泥足深陷、没有温情的国界止步了。有时候，越过查理大桥，一样是在相同的傍晚时分，他曾在城堡区散步；那里可俯瞰河景，渺无人烟又静谧非常，距离都市最热闹的几条路，只有数步之遥。他在这些宽广的城堡、宫殿中游荡，沿着一望无际的庭院的石板路漫步，经过大教堂周边精心雕琢的栅栏。在宫殿的高墙里，他的脚步声于一片寂静中回荡着。有个暗哑低沉的声音，从市区向他袭来。这一区没有兜售黄瓜的小贩，有的只是静谧无声和庄严宏伟中，令人喘不过气的某种氛围。因此，梅尔索最终总是又下山往那熟悉的气味或乐声而去，从今往后这已是他仅有的乡愁。他在自己误打误撞发现的餐厅用餐，对他来说，这家餐厅至少算是比较熟悉的地方。他的位子固定是在红星男人旁边，后者只在晚上过来，喝一杯啤酒，咬着他的火柴棒。晚餐的时候，盲人乐师照旧演奏着，梅尔索吃得很快，买单后就返回旅馆，在发热中似孩童般进入梦乡，每一晚皆是如此，无一例外。

每一天，梅尔索都想着要启程离开，然而却每一天又陷入更深一点的自我放逐当中；引导他追求幸福的意愿，反而更为缩减。他到布拉格都四天了，每天早上都觉得没有梳子真的很不方便，却一直没去买。不过朦胧不明中，他却有种遗漏了什么的不安感，这也是他暗暗持续等待、没有离去的原因。有天晚上，他取道第一天夜晚撞上那味道的小路，往他的餐厅前进。离餐厅不远时，他已经预感味道即将袭来，然而在对面的人行道上，有什么让他停了下来，并靠近查看。有个男人躺在人行道上，双臂抱胸，头压住左边的脸颊。三四个男人倚着墙，看上去像在等待着什么，不过倒是很镇静。其中一个抽着烟，其他人低声交谈着。但有个男人只穿着衬衫，西装上衣搭在手臂上，毡帽挂在后脑勺，在躺倒的躯体周围，跳着一种像是原始部落的舞蹈，貌似某种印第安式的舞步，顿挫有力而持续不休。远方路灯微弱的灯光从上方投射下来，与来自附近餐厅昏暗的光线融合在了一起。不停地跳着舞的男人，抱着胸躺倒的人体，如此安静的围观者，这荒唐的反差和不寻常的寂静，在清白无辜的凝视之下，于暗影与光明有点压抑的交替追逐之间，在梅尔索心中有着一分钟虚幻的恐怖平衡，并且他感觉仿佛过了那一分钟，整个世界就会在疯狂中崩塌、覆灭。他又向前走近了一点。死者的头部被血染红，现在他的头已被扳正，枕在伤口上面。在这布拉格偏僻的一隅，有点油亮的路面上难得有光线照亮；附近行经的车辆，在潮湿的路面上缓慢滑行；远方间隔许久才抵达的电车，传来喧嚣嘈杂的声响；这场景中无法摆脱的死神出现得过分恬淡温柔。梅尔索头也不回地大步离去时，还感觉得到死神的呼唤和他湿润的气息。忽然，那差点遗忘的熟悉味道惊醒了他。他走进餐厅，在自己固定的座位坐下。那男人也在，但没有咬他的火柴棒。梅尔索觉得在他的眼神中看到了些许迷茫。他试着将脑海中浮现的愚蠢念头驱离，但臆想却越来越多，挥之不去。还没有点任何菜肴，他就突然落荒而逃，一路跑回旅馆，然后一头栽进床铺里。太阳穴里像有根钉子般刺痛，空虚的心和痉挛的胃，让他激愤不平的情绪完全失控爆发。他人生的种种片段化为影像，填满了他的双眼。心底有什么在叫嚣、呼喊着，渴求女人的抚慰、敞开的怀抱和温热的双唇。在布拉格沉痛悲苦的黑夜深处，在醋的刺鼻气味和稚嫩旋律之中，眼前浮现的是陪伴他度过高烧不休的日子的巴洛克古老世界的焦虑面容。他吃力地喘息着，眼神失焦、动作机械地从床上坐起。床头柜的抽屉是开着的，里面躺着他曾读完一整篇文章的英文报纸。接着他又躺回床上。那男人的头枕在伤口上，那伤口的大小手指头是可以伸进去的。他看着自己的手和手指头，孩子一般的渴望在他心中升起。浓烈而不为人知的热情与眼泪一同在他身体里膨胀、蔓延，那是一种乡愁，怀念阳光普照和女人倩影处处的城市，还有让伤口结痂的碧空夜晚。他泪如雨下，宛如湖泊般蔓延的孤独和沉默，在他心中不断扩大，湖上传唱着他终于将情绪释放的悲歌。

II

坐在开往北方的火车里,梅尔索端详自己的双手。预示着风雨将至的天空下,乌云般的厚重浓烟,沿着火车行经处一路蜂拥紧随。暖气开得过强的车厢里,只有梅尔索一个人。他在夜里匆忙启程离开,如今独自一人面对天色昏暗的早晨,让自己的全副身心都浸淫在这波希米亚景致的美好之中,在闪耀着丝绸般光泽的挺拔树木与远方林立的工厂烟囱之间等待暴雨降临,这情景给人一种潸然泪下的冲动。他接着看向车厢内的白色警示牌,上面用德、意、法三种语言写着"将头、手伸出窗外易发生危险"。这时,他的双手,这对蛰伏在他膝盖上鲜活凶猛的野兽,正等待着他的关注。左边的这一只纤长而柔软,另一只则关节粗大且肌肉发达。他认得它们，清楚查看过每个特征，同时感觉它们是独立的个体，好似能做出自己的意愿无从置喙的举动。其中一只过来按住他的额头，试图阻挠他继续发烧，令他的太阳穴停止跳动；另一只滑过整件西装外套，到他的口袋取出一根香烟，但就在他意识到自己因反胃而虚弱无力之时，又马上搁下了。回到膝盖上，他的双手像泄了气一般，手掌朝上宛如浅碟的模样，反映着梅尔索原本的人生状态——凡事漠不关心，予取予求，任人摆布。

他持续旅行了两天。但这一次，驱使他的不是逃亡的本能，旅程本身的单调乏味已足够令他心满意足。载着他横越大半个欧洲的车厢，让他徘徊在两个世界之间，才刚迎他上车，转眼又要抛下他绝尘而去，将他从想要连回忆一起抹去的人生中抽离出来，推向新世界的入口，在那里，欲望才是一切的主宰。梅尔索连一次都没有觉得厌倦。他待在自己的角落，不太会受到打扰，盯着自己的双手，然后再看看风景，沉浸在思绪里。他随性地将旅程延长至布雷斯劳*，唯一耗费的工夫，只是

---

* 位于波兰，其德语名称为布雷斯劳（Breslau），波兰语则为弗罗茨瓦夫（Wrocław）。作者此处用的是德语市名。

在海关更换车票。他还想要继续独占这份自由自在。他很累了，觉得自己没有力气移动。他累积身上每一丁点力量和希望，全部扎实地聚拢在一起，好将自己重塑，同时重新打造自己未来的命运。他喜欢火车在平滑的轨道上狂奔的每个漫漫长夜；列车如暴风般经过的小车站，只有时钟上亮着灯；而大车站灯火通明的光晕才刚出现在视线里，就在骤然的刹车中将火车吞噬，再将大量的流金灿烂、光明与温暖倾泻进车厢里。铁锤敲击车轮发出的哐当声，火车头喷发的浓浓蒸汽，以及值勤职员解除红色号志的机械化动作，让梅尔索再次投入疯狂的火车之旅，始终维持警戒状态的，只有他清醒的神志和他的不安。车厢里重新上演光影交错嬉戏，黑暗淹没金黄的戏码周而复始。德累斯顿、包岑、格尔利茨、莱格尼察。眼前只有无尽的长夜，全副身心和所有时间都能用来酝酿未来的人生选择，在车站转角处耐心地与稍纵即逝的念头搏斗，任由自己再度被捕获和追缉，重新面对后果，然后又在漫天飞舞的光雨水色下逃脱。梅尔索搜寻着词语，组织能诉说和表达内心希望的句子，好终结自己的不安。以他目前这样脆弱的状态来看，他确实需要一些激励人心的口号。在与动词顽强对抗中度过的日与夜，如今已成为他与生命对视的目光中映出的所有颜色，无论他想象中自己的未来是一场令人动容抑或悲惨不幸的梦。他闭上眼睛。生活需要时间。正如看待所有的艺术品那样，人生的真谛也需要靠自己去思考。梅尔索思考自己的人生，任他狂乱的意识和对幸福的渴望在车厢中反复游走；这些日子以来，在欧洲大陆畅行无阻的车厢对他而言，就像监狱般的牢笼——坐困愁城的人类，便是如此借由超出其掌控范畴之外的事，学着了解自己。

第二天早上，虽是在旷野中，但火车明显放慢了速度。这时距离布雷斯劳还有几小时车程，破晓之后的西里西亚平原一望无际，平原上没有一棵树，地面泥泞不堪，天空乌云密布，仿佛随时都会降下大雨。翅膀闪耀着光泽的黑色大鸟，从看不到尽头的远处，成群结队地挨着，以井然有序的间隔，翱翔在离地数米的地方；在如石板般沉重的天空下，难以飞升至更高的空中。它们的队伍在天上迟钝而呆滞地打转，偶尔会有一只鸟从中脱队，掠过地面，几乎与其融为一体，再以同样招摇的姿态拔高，不断远扬，直到变成原本出发的低空中一个清晰的黑点。梅尔索用手擦去了车窗上的水汽，然后透过自己的指头在玻璃上留下的一道道长长的划痕，贪婪地往外看。从荒芜的大地到灰暗苍白的天空，呈现在他面前的，是乏善可陈的徒劳，终于，在此时此刻，他首度能够回过头来面对自己。在从纯真返回绝望的土地上，他作为于原始世界迷航的旅客，重新找到了自己的联结；他将握拳的手置于胸前，脸庞紧贴着车窗玻璃，想象着内心排山倒海的激动之情向自己袭来，撼动在心底沉睡已久的对崇高伟大的执着与确信。他想要钻进这片泥淖中，经由它的洗礼与土地融为一体，然后满身污泥地站在无边无际的平原上，敞开双臂面向如海绵和烟灰般的天空，宛如迎向人生绝望和辉煌的象征；从世上最惹人嫌恶之处，表明自己与这世界休戚与共，宣示自己与人生沉瀣一气，直至其无情无义、污秽堕落的种种，都照单全收。自他启程以来，支撑他的巨大动力终于首次溃不成军。梅尔索双唇贴着冰冷的玻璃，任泪滴滑落、破碎。车窗再次变得朦胧，平原景致也从中消失。

几个钟头后，他抵达了布雷斯劳。从远处眺望，这城市在他眼中是一个充斥工厂烟囱和教堂尖塔的森林；走近一看，则是由红砖和黑色石块堆砌而成的。戴着鸭舌帽的男人们，步调缓慢地来来往往，他追随着他们的步伐,在一家工人聚集的咖啡馆待了一上午。有个年轻男子在那里吹口琴,旋律美好通俗,多愁善感,胜在能抚慰灵魂。梅尔索在买了一把梳子以后,决定掉头南下,次日,他便到了维也纳。他睡掉了一部分白天和一整夜,醒来时,他的体温已经完全降下来了。早餐他用水煮蛋和法式酸奶油将自己喂得非常饱,带着有点反胃的感觉,在时晴时雨的早晨出了门。维也纳是个清新可喜的城市,这里没有什么值得参观的。圣史蒂芬大教堂,太大了,令他厌烦,相比起来他更喜欢对面的那些咖啡馆,晚上的时候,他则偏好运河岸边的一家小舞厅。白天,他沿着环城大道散步,尽情欣赏沿路美丽的橱窗和高贵优雅的女人。他享受着这肤浅和奢华的场景良久,借此,在这全世界最不自然的城市里,让思绪得以从自身抽离出来。而女人很美,花园里香花处处,娇艳动人,环城大道上,每当夜晚降临,在光鲜亮丽而闲适安逸的人群中,梅尔索凝视着历史古迹顶端的石雕骏马,看着它们昂首阔步,却始终飞不上夕阳染红的天空。他便是在这时想起了他的朋友萝丝和克莱尔。于是,自他踏上火车之旅以来,他第一次写了信,流泻在纸张上的,其实是他已无法承载的沉默:

我的孩子们：

写这封信给你们时，我人在维也纳。我不知道你们近况如何。我自己因为工作需要而持续旅行着，带着一颗苦涩的心，看尽无数世间美好。在这里，文明取代了美景，让人能够休养生息。我没去参观教堂或古迹，而是在环城大道上漫步。到了傍晚，剧院和豪华宫殿顶端，夕阳染红的天色中石雕骏马盲目奔腾的姿态，令我的心底浮现既苦涩又幸福的奇异感受。早上我吃的是水煮蛋和法式酸奶油。我起得晚，旅馆对我甚是殷勤周到，经理在服务上的讲究对我来说尤其受用，我总是被美食喂得饱饱的（啊，法式酸奶油美味极了）。这里有各种表演，美女如云，缺的只是艳阳高照的好天气。

你们在做些什么呢？跟我这个无牵无挂也无所依归，但一直都会是你们忠实挚友的可怜人，说说你们自己和那里耀眼的太阳吧。

帕特里斯·梅尔索

这天晚上，写完信后，他回到了舞厅。他从舞场中挑选了一个名叫海伦的舞女作陪，她会说一点法语，且能听懂他蹩脚的德语。凌晨两点离开舞厅时，他送她回家，以天下最挑不出毛病的方式做爱，然后隔天早上，他发现自己裸着身子睡在一张陌生的床上，贴着海伦的背——他以全然客观的角度和好心情，欣赏她臀部修长的曲线和宽大的肩膀骨架。他不想吵醒她，准备直接离去，并塞了一张钞票在她其中一只鞋子里。当他走到门口时，却听到她的声音："哎，亲爱的，你搞错了。"他朝床边往回走。他的确搞错了。因为不熟悉奥地利的纸钞面额，本该给她一百先令，他留下的钞票却是一张五百先令。"不，"他笑着说，"这是给你的。昨夜你真的很迷人。"一头凌乱的金发下，海伦缀着雀斑的脸庞绽放出一抹微笑。她突然从床上站起，亲吻他的脸颊。这大概是她第一次真心为他献上的一吻，因此梅尔索心中激起一阵涟漪。他让她躺下，帮她盖好被子，重新回到门边，然后对她一笑。"永别了。"他望着她说。后者被单盖到鼻子下面，睁着一双大眼睛，目送着他直到消失，一个字也说不出口。

数日后，梅尔索收到一封来自阿尔及尔的回信：

亲爱的帕特里斯：

我们在阿尔及尔。您的孩子们将很高兴能够与您重聚。如果您无牵无挂也无所依归，那就来阿尔及尔吧，您可以住在我们家里。我们在这里过得很开心。我们感到有些羞愧，这是自然，但更多是出于得不得体的问题，当然其中也有对世俗成见的顾忌。如果您也想一尝快乐的滋味，那就来这里试试，怎么也会比再入伍做士官强。我们的额头殷切期盼您慈父般的亲吻。

萝丝，克莱尔，卡特琳

又及：卡特琳对"慈父"这个词有意见。卡特琳跟我们住在一起。若您乐意的话，她可以当您的第三个女儿。

他决定取道热那亚返回阿尔及尔。正如其他人在做出重大决定和在扮演人生重要角色之前，需要清静那般，对孤独和疏离感中毒颇深的他，则需要回到友谊和信任里，体会一番表面的安全感，才能展开属于他自己一人的重头戏。

坐在途经北意大利,开往热那亚的火车上,他听见自己心底千万个呼喊幸福的声音。然而一看见纯净大地上第一棵挺拔的柏树,他就动摇了,虚弱和发热的感觉又开始蔓延,但他身上也有什么东西同时变得软化,放松了下来。不久,随着日光的逐渐转移,列车离海越来越近,无数光芒闪烁的辽阔天空,流泻出阵阵和风与天光,让橄榄树随之微微颤动,翻搅着世界的亢奋和躁动,与他心中的热情澎湃不谋而合。火车行驶的声音,挤满乘客的车厢里富有童趣的聒噪嘈杂声,周围的所有欢声笑语,就像是为他内心正在上演的舞蹈伴奏,在数个钟头里,令一动不动的他在天南地北四处神游,最后再使他于狂喜而呆滞的状态下,来到热闹不休的热那亚——在海湾和天空之间周而复始,生生不息,任欲望与慵懒缠斗不休直到入夜的热那亚。他迫切地渴望去爱,享受云雨之欢,尽情拥抱和亲吻。炙烤着他的诸神将他投入大海,在港口的一隅,让他在混合沥青与海盐的滋味里,奋力泅水直至浑然忘我。接着,他迷失在狭窄而充斥老城区味道的小径,任由色彩代他高声抗议,任屋顶上的那片天空在太阳沉重的压迫下消耗殆尽,任猫儿替他在夏日艳阳下的垃圾堆休憩。他踏上俯瞰热那亚的大道,深吸一口气，让满载芬芳和天光的海风迎面袭来。闭上眼睛，他紧抓着自己坐着的温热石头，然后再睁开眼望着眼前的城市，目睹过剩的生命力炫耀着蛊惑人心的低俗品味。接下来那几天，他也喜欢坐在通往港口的斜坡上，于中午时分欣赏从办公室前往码头定会途经此处的年轻女孩。她们踩着凉鞋，缤纷而轻薄的洋装下没有胸衣的束缚，她们让梅尔索因欲火中烧而口干舌燥，心跳加速，这欲望既让他找回了无拘无束的感觉，又来得顺理成章。夜晚，他在路上遇到的是同一批女子，他尾随其后，肚子里揣着一只热血沸腾、被欲望支配的野兽，凶猛中透露着温柔缱绻，不停躁动着。连续两天，他都在这种原始的冲动中煎熬。第三天他离开热那亚，前往阿尔及尔。

整个旅途中，他在水光交互映射的变化中出神，从上午、正午直到夜晚面对着大海，让自己的心追随着日出日落缓慢的步调跳动，同时重新面对自己。他对有些治愈过程的庸俗持怀疑态度。躺在甲板上，他意识到自己不应该睡着而是应保持清醒，对友情还有灵魂和身体的安逸保持警惕。自己的幸福和其论据，得靠他自己构筑。这任务现在对他来说，大概会变得容易许多。海上瞬间变得微带凉意的夜晚，奇特的平和感将他浸透，第一颗星辰在空中冉冉绽放出锐利的光芒，天光从渐渐消逝的绿色，复又增强为黄色，他感觉到动荡纷乱与风暴过后，原本身上的黑暗和邪恶已然沉淀，留下的是从今往后象征回归良善与果决的灵魂，恰似一汪透明澄清的清泉。他看得很清楚。长久以来，他都期盼为异性所爱，然而他天生缺乏爱情的细胞。回顾他的人生，从码头上的办公室、他的房间和蒙眬睡意，到常去的餐厅和他的情人，他曾不断尝试寻找属于自己的幸福；而那是跟世上所有人一样，是他在心底深处相信不可能拥有的。他只是假装想要变得快乐，在这上头他从来都不曾明明白白、有意识地坚持过，从来没有，直到有一天……自那时起，只因为一个神志完全清醒之下谋划而成的动作，他的人生有了改变，使他觉得自己似乎也能够幸福。他也许是在痛苦下才催生出这个全新的人生，然而，比起一直以来他所出演的卑鄙又可耻的戏码，这又算得了什么？比如说，他发现自己之所以这么迷恋玛尔特，其中虚荣的成分远高过爱情。甚至连她向他献上的香吻，他在惊喜之中也明白这喜悦只是出于自身征服猎物能力的直觉反应及验证。自始至终，他的恋爱故事其实都是以确信取代这份最初的惊喜，以虚荣取代谦逊。他之所以喜欢她，是喜欢那些夜晚，当他们出现在戏院，当她成为目光焦点，也就是当他让世人都看到他有她作陪的时候。跟她在一起,让他爱上自己的能力和对生存的野心；甚至是他的欲望，他肉体最深层的渴望，可能也来自这最初的惊喜，惊喜能够拥有一副特别美丽的躯壳，并能对其加以控制、支配和羞辱。现在，他明白自己并不适合这种爱情，今后他所侍奉的黑暗之神，所赐予的纯洁而可怖的爱，才是属于他的。

通常来说，他生命中最美好的事物，都伴随着最糟糕的一并出现，才会逐渐明朗。克莱尔跟她的朋友，札格厄斯与他追寻幸福的意志，就是因着玛尔特才愈见清晰。如今他知道，是该让自己拥抱幸福的意志付诸行动的时候，不过他也明白，为此他需要的是时间，而享有充裕的时间，则是最棒也是最危险的一种体验。无所事事对庸人来说才最是不幸，许多人甚至无法证明自己不是平庸之辈。他为自己赢得了争取幸福的权利，但还有证明自己这一关要过。唯一有所改变的只有一件事——他感觉从自己的过往和失去的东西里解脱了。除了自己心中狭小、紧闭的密室，这份面对世界明明白白、坚韧持久的热忱,他什么都不要。就像把一块刚出炉、热腾腾的面包挤压至变形、松垮,他只想把自己的命运握在手中,就像他在火车上度过的那两个漫漫长夜,他可以跟自己对话,准备好面对未来的日子。就像舔舐麦芽糖那样享用他的人生,将它塑造、磨得锐利,去拥抱直至热爱。他的所有热情尽系于此。单独面对自己,从今以后他将努力维持这样的状态,来直面生命的所有面貌,即使要付出的代价,是如今他已知道的那样难以承受的孤独,他亦不会屈服。他将倾尽所有狂暴、强劲的动力来促成这一点,而他的爱一如他对生活的狂热,也将如影随形。

大海轻轻缓缓地沿着船舶侧边蹭皱她的裙摆。夜空布满了星斗。梅尔索在沉默中感觉到了极致而深厚的力量油然而生,这力量让他能够去热爱与赞美时而眼泪、时而太阳的人生,这介于海水与滚烫石头之间的人生。他感觉只要去亲近、去抚摸,自己所有爱与绝望的力量就会融为一体。那是他绝无仅有的穷困和财富。这就好像一切从头来过,他重启全新的局面,只是这次他清楚地知道迫使自己面对命运的,是怎样一股意识清明下的狂热和动力。

接着便到了阿尔及尔。早晨,船缓缓靠岸,映入眼帘的是俯瞰大海的卡斯巴哈老城区,从陡峭斜坡上错综复杂蜿蜒而下的绝美景观,衬着丘陵和天空,以及宛如张开双臂迎接访客的开阔海湾,坐落于树林间的宅邸配着靠近码头清晰可辨的海的味道。这时,梅尔索发现打从维也纳开始,他连一次都没再想起自己亲手杀害的札格厄斯。他意识到自己身上有了只属于孩童、天才和无辜者的遗忘能力。无辜,他为突来的喜悦而癫狂,终于明白自己也能拥抱幸福。

Ⅲ

帕特里斯与卡特琳在露台上享用阳光早餐。卡特琳身着泳衣,而"男孩"(室友们对他的昵称)则穿着泳裤,脖子上系着餐巾。他们吃着以盐调味的西红柿、马铃薯色拉、蜂蜜和大量的水果。他们把桃子冰镇,取出后舔舐香甜果皮的茸毛里残留的水滴。他们也弄了些葡萄汁,面朝太阳仰着头喝,好把脸晒成小麦色(至少帕特里斯是这样,他知道拥有健康肤色的好处)。

"闻闻太阳的味道。"帕特里斯说,朝卡特琳伸出手臂。她伸出舌头舔了一下。"真的有,"她说,"你也闻闻。"他闻了,然后躺下,抚摸着自己的肋部。另一头,她则趴了下来,将泳衣褪至腰间。

"我不会太失礼吧?"

"不会。"男孩回答，没有看她。

阳光流泻而下，停留在他脸上。毛孔略微汗湿，他呼吸着热辣的阳光，任它烧灼泛滥，令睡意滋长。卡特琳享受着日光浴，舒服地叹息：

"真好。"

"对啊。"男孩说。

他们的家高悬在一座可俯瞰海湾的山丘顶端。小区里，大家都称它"三个女大学生的家"。上来得行经一条爬起来非常费劲的路，路的起点跟终点都是橄榄树林。途中，会经过一个类似平台的地方，平台上整面灰墙尽是些淫秽涂鸦和政治诉求的标语；读一读其中的内容，正好让精疲力竭的过路客可以稍做喘息，平复呼吸。其后的路仍旧是橄榄树林，从树枝缝隙可断断续续窥见天空的湛蓝；沿着橙黄色草地一路走来，会闻到乳香黄连木的味道；草地上晒着紫色、黄色和红色的布料。抵达小屋时无人不是汗流浃背、上气不接下气，推开蓝色小栅门时，得小心避开九重葛的刺，然后还要攀爬有点像小梯子的陡峭楼梯；还好楼梯是深蓝色，已有些清凉解渴之效。萝丝、克莱尔、卡特琳和她们的男孩，将小屋称为"世界之窗之家"。开阔的视野可饱览山下全景，它就像高挂在灿烂星河中的一叶扁舟，欣赏下方的世界正表演缤纷多彩的舞蹈。从最底下整条完美海岸弧线的港湾开始，有某种动力席卷草地和太阳，并将松、柏、土灰色的橄榄树和尤加利一路送到家园脚下。在这花团锦簇的献礼之中，随着季节更迭，还会穿插白色蔷薇与含羞草等各色花草，或是金银花，夏夜时其香气会穿越屋墙，飘升袭来。白色床单和红色的屋顶，像在天际线两头钉得扎实，中间没有一丝皱褶的天幕下，是大海的微笑——"世界之窗之家"将它宽大的窗户，对准这个色彩与光影变化的嘉年华。远处紫色的山脉，在极度陡峭的斜坡处与海湾交会；遥不可及的轮廓中，也蕴含了这份迷幻与陶醉。因此，没有人会抱怨路有多陡，爬上来又有多累。每一天都有值得发掘的惊喜。

这样胸怀世界地过活，体会这宇宙的重量，每一天看着日光点亮它的脸庞复又熄灭，只为翌日继续燃烧它的每一分活力；住在这里的四个室友意识到，自己面对的既是对存在价值的评判，也是证明。世界在此化身为人，成为那种能维持平衡亦不会扼杀热忱，大家会欣然听取意见的对象。他们邀请它做见证：

"我跟这个世界，"帕特里斯说，没有指定任何主题，

"我们反对你们。"

而对卡特琳来说,裸体能代表摆脱成见,因此她会利用男孩不在的时候,在露台上一丝不挂,并待在那里欣赏天色变幻。用餐时,她会用一种自豪中带着性感的语气向大家宣告:

"我与世界裸裎相对了。"

"是啊,"帕特里斯轻蔑地回道,"比起感觉,女人生来更偏好概念。"卡特琳闻言便表达了抗议,因为她不想当知识分子。而萝丝与克莱尔则异口同声地说:

"闭嘴,卡特琳,错的是你。"

因为被每个人用同样的方式爱着的卡特琳,据说永远是错的。她身形笨重,曲线分明,肤色像是烤得焦黄的面包,对世间的核心要素却有着动物本能般的直觉。要说解读树木、海洋和风中潜藏的语言,没有人能强过她。

"这小姑娘,"克莱尔说,一边吃东西的嘴也没停下,"是源自大自然的力量啊。"

餐后,所有人都去太阳底下做日光浴,不再发话。人类会削弱彼此的力量,世界则会让它完好如初。萝丝、克莱尔、卡特琳和帕特里斯,于自己家园的窗边,活在形象与表象里，认同这个彼此相系相依的游戏，为友谊和温情欢声笑语；但回到天空和大海的盛宴面前，他们便会重新找回自己命运暗藏的颜色，最后终于直面最深层的自己。有时候，猫咪们会来加入主人的行列。先冒出来的是古拉，它看上去永远像在生气的样子，外形仿佛一个有着绿色眼睛的黑色问号，纤瘦而敏感，会突然因受惊而错乱，对着影子疯狂搏斗。"应该是内分泌失调吧。"萝丝说，然后她笑了，笑得如此开怀，鬈发下的圆框眼镜后面，乐不可支的双眼眯成了两条线，直到古拉跳到她身上（专属待遇），她会任手指在它光滑的皮毛上游移，自己也变得温柔怜爱，心情跟着舒缓放松，最终化为另一只眼神娇柔的猫咪，用柔软友爱的双手，安抚着她的同类。因为猫是萝丝通往世界的那扇门，正如裸体之于卡特琳那般。克莱尔偏好另一只猫，它名叫卡利*，就像它一身肮脏的白毛一样，温顺又呆头呆脑，能任人玩弄欺侮。生着一张佛罗伦萨人面孔的克莱尔，

---

* 卡利（Cali）与古拉（Gula）合起来正是作者所著剧作《卡利古拉》（*Caligula*）的剧名。该剧创作时间（1938）与本书相近，其同名主人公卡利古拉是罗马帝国第三任皇帝，也是公认帝国史中典型的暴君。

跟这个得天独厚的城市一般,感觉自己灵魂美好,身心契合。她虽然一贯寡言内向,但也会忽然释放自己的情绪。她的胃口特别好,见她发胖,帕特里斯不禁念叨:

"您教我们倒尽了胃口,美丽的生物没有权利变丑。"但萝丝插嘴道:"拜托您别再捉弄这孩子,行吗?接着吃吧,克莱尔妹妹。"

从日出到日落,日子就在山丘和大海、细微的日光变幻中度过。大家开心笑闹,相互调侃,也一起做各种各样的计划。每个人都向表象微笑,装作全盘屈服顺从。帕特里斯从端详世界的面貌,转而迎向年轻女孩面带微笑却认真严肃的脸庞。他有时候也对自己身处的这一番天地,感到不可思议。信赖和友谊,太阳和白色的家园,点到即止的意在言外,完好无缺的幸福于焉诞生,他甚至可以感知到其真实的共鸣与震荡。他们彼此口中的所谓"世界之窗之家",并不是一个消遣取乐的地方,而是一个能让人快乐的所在。当夜晚来临,大家一起仰望天空,任由想要与众不同、特立独行这种属于原始人性的危险诱惑,随着最后一缕微风进到心底深处之时,帕特里斯对此最是深信不疑。

今天,享受过日光浴之后,卡特琳上班去了。

"亲爱的帕特里斯,"萝丝突然冒了出来,"我有个好消息要告诉您。"

这天,与露台相连的房间里,男孩躺在长沙发上,手上捧着一本侦探小说聚精会神地读着。

"亲爱的萝丝,我洗耳恭听。"

"今天轮到您做饭了。"

"好。"帕特里斯回答,仍旧没有任何动作。

萝丝毫不在意地将午餐要吃的甜椒和索然无味的拉维斯*《法国史》第三卷,一股脑全塞进书包里就出门去了。应该准备料理扁豆的帕特里斯,出神地望着偌大房间里的陈设:红褐色的墙面,几张长沙发和层架,绿色、黄色和红色面具,橘红色条纹的米灰色挂毯。躲懒直到十一点,梅尔索才匆忙地边将扁豆煮熟,边在炖锅里放油,把洋葱炒香,加入一个西红柿和一束综合香草,忙得不可开交的同时,还得不时咒骂一下饥饿讨食的古拉和卡利,尽管昨天萝丝已经对它们耳提面命。

"你们两个小家伙,"她说,"夏天这么热,肚子是

---

* 拉维斯(Ernest Lavisse, 1842—1922)是法国著名历史学家和教育家,有"国民教师"之称。

不会觉得饿的,懂吗?"

十一点四十五分,穿着轻薄洋装和凉鞋的卡特琳回到家,想要马上冲个凉,再做个日光浴。这么一来,她就会变成最晚上桌吃饭的那一个。到时萝丝应该会严厉地教训她:"卡特琳,你真是太过分了。"浴室里持续传来哗啦啦的水声,这边厢,克莱尔气喘吁吁地出现了。

"您在煮扁豆?我有个很棒的食谱……"

"我知道,我会加法式酸奶油……您还真是乐此不疲,亲爱的克莱尔。"

事实是,克莱尔的食谱,永远都是从法式酸奶油开始。

"他说得对。"刚到家的萝丝说。

"没错,"男孩说,"我们开饭吧。"

他们用餐的地方虽是厨房,但也完全可称得上是间杂货行,里头什么都有,甚至还有个记事本,来记录萝丝的是日佳句。克莱尔说:"我们要保持优雅,但也要不拘小节。"然后用手直接拿起腊肠享用。卡特琳迟到得恰到好处,她被阳光晒得头晕目眩且有点病恹恹的,双眼因昏昏欲睡而涣散无神。她的灵魂里没有多余的辛酸苦涩,去思考她的办公室生涯——她从世界和自己的生命里扣下的八个小时，全交给了一台打字机。她的两个好友却对这一点心知肚明，寻思着自己的人生若是硬生生失去了这八小时，会是个什么样子。帕特里斯则一语不发。

"对，"最不爱这类真情流露、悲愁伤感场景的萝丝说，"至少这让你有事可干。而且你每天跟我们聊的都是你办公室的事，我们要剥夺你的发言权。"

"可是……"卡特琳叹息道。

"既然这样，那投票决定吧。一票、两票、三票，反对你的票占多数。"

"你看吧。"克莱尔说。

扁豆终于煮好上桌，但太干了，所有人都默默地吃着。每次轮到克莱尔掌厨，她上桌品尝时，总是会以一副很满意的样子说："哇，这真是太美味了！"自尊心较强的帕特里斯，则宁愿保持缄默，直到大家一起爆笑出声，才跟着释怀。卡特琳今天诸事不顺，但仍想要享有每周工作四十小时*的劳工权利，便希望有人可以陪她去总工会一趟。

"不要，"萝丝说，"怎么说，要上班的人还是你自己。"

悲愤的"自然之力"无奈之下只好又跑回太阳底下睡觉去了。不过没多久，其他人也都加入了她的行列。克莱尔漫不经心地揉着卡特琳的头发，并坚信"这孩子"缺的是一个男人。因为"世界之窗之家"里日常上演的戏码，就是决定卡特琳的命运，为她强加各种需求，再制定出范围和种类。当然，她时不时会提醒大家自己已经长大了云云，但没人听得进去。"可怜的孩子，"萝丝说，"她需要一个情人。"

接着，大家就任凭自己在太阳底下融化。卡特琳不是个小心眼的人，很快就把刚刚的事情抛诸脑后，开始聊起她办公室里的八卦，特别是步入结婚礼堂前夕，身材高挑、一头金发的佩蕾小姐，是如何问遍了办公室里

---

* 法国在1936年通过新的法案，将每周法定工时从四十八小时缩减为四十小时。这虽是经过全国性大罢工，总工会与政府当局谈判协调后的结果，其背景也有经济萧条、失业率居高不下、工时长而低薪等民生困境；惟新法1938年因人民阵线内阁瓦解而随之告终。此历史事件的发生时间，与本书创作时间重合。

的每一个人，来搜集各种情报；业务员们又是如何煞有介事地夸大其词，来拿她寻开心；而结束蜜月假期回来开工时，她又是怎样地如释重负，笑着发表结论："其实也没有那么恐怖嘛。""她三十岁了。"卡特琳语带同情地说。

萝丝则不满这些八卦过于大胆、有失分寸。"哎，卡特琳，"她说，"这里可不是只有未婚少女在啊。"

每天这个时候，邮政班机会飞过城市上空，向天空和大地展示其光灿耀眼的钢铁外衣。飞机进入港湾，顺着其高低起伏的曲线飞行，融入世界奔忙的队伍里，接着突然一下子改弦易辙，蓦然转向俯冲入海，在巨大的蓝白色水花中降落。古拉和卡利侧躺着，蛇头般的鼻子下露出粉红色的小猫嘴，猫脑袋里正闪过一幕幕奢侈而猥亵的美梦，让它们的小肚子跟着微微颤动。艳阳从高空之上，挟带厚重的热浪和绚烂光彩重重落下。卡特琳闭上双眼，感受自己随着这自由落体的重力回到内心最深处，那里有像神祇般吐纳的野兽，微微躁动着。

接下来的那个星期天，他们邀了客人来访。这次轮到克莱尔做饭，萝丝便帮忙给蔬菜削皮，把餐盘和餐桌准备妥当，克莱尔把蔬菜放进锅里以后，一边在自己房间里看书,一边留意火候。由于这天早上摩尔*女孩米娜一年之内第三次因为父亲过世而没办法过来,萝丝也打扫了家里。客人们来了。其中一位是埃利安,梅尔索称呼她"理想主义者"。"为什么?"埃利安问。"因为当有人告诉您一个事实,并令您感到震惊和反感的时候,您会说:'确实如此,但这不是好事。'"埃利安有副好心肠,她觉得自己长得很像《戴手套的男人》†中的男子,但所有人都不以为然。虽然如此,她还是特意用了许多《戴手套的男人》的复制画来装饰自己的房间。埃利安是个学生,她第一次来到"世界之窗之家"时,曾表达自己爱上了其居民"缺乏成见"的作风。然而时日一久,她逐渐发现这也有些许不便之处。没有成见的结果,就是她精心雕琢、认真讲述的故事,换来的只是

---

* 摩尔人一词,是中世纪时欧洲人对伊比利亚半岛、西北非马格里布(Maghrib)、西西里岛等地区异教徒的统称,后常用来泛指生活在欧洲的穆斯林,但并非指特定的民族,在这方面也无非常明确的定义。

† 《戴手套的男人》(*L'Homme au gant*)是意大利文艺复兴时期的肖像画,为威尼斯画派名家提齐安诺·维伽略(Tiziano Vecellio,约 1489—1576,英语系国家称其为 Titian,中文音译为提香)1520 年的作品,现为卢浮宫馆藏。

枯燥乏味到无以复加的评语,甚至她才刚起了个头,听众就会亲切有礼地打断她:"埃利安,您可真是固执得像头驴。"

埃利安跟诺埃尔——第二位访客,他是个雕刻师——进到厨房时,碰上的是从来不会用正常姿势做菜的卡特琳。后者正仰躺着,用一只手吃葡萄,另一只手才刚准备把蛋黄酱打发。萝丝穿着宽大的蓝色围裙,正赞叹古拉的聪明,懂得跳上灶台享用中午的餐后甜点。

"你们瞧,"萝丝得意地说,"噢!快瞧瞧,她真的很聪明。"

"对,"卡特琳说,"她今天的表现更上一层楼了。"然后补充说,越来越聪明的古拉,今天早上打破了绿色小台灯还有一个花瓶。

埃利安与诺埃尔大概是太喘了,才没有余力表达自己的倒胃口,在没人想起招呼他们的情况下,决定自己找椅子坐下。克莱尔有些迟钝地走了过来,殷勤地跟两人握手问好,然后试了试炉火上还炖着的马赛鱼汤的味道。她觉得大家差不多可以上桌开饭。但是今天帕特里斯迟到了,他在开席之后才赶回来,并滔滔不绝地告诉埃利安,自己因为路上的女孩子很美,心情颇佳。天气才刚刚开始变热，让紧实的胴体曲线毕露的轻薄洋装，已随处可见。照帕特里斯自己的说法，这让他口干舌燥，太阳穴突突跳动，周身血脉偾张。面对这些巨细靡遗的描述，羞臊中，埃利安只能保持沉默。餐桌上，众人下匙舀了第一口马赛鱼汤之后，皆是一阵错愕。俏皮的克莱尔字正腔圆地发表了感想：

"这锅马赛鱼汤，怕是有股烧焦洋葱的味道。"

"没有的事。"诺埃尔说，大家都爱他的好心肠。

为了验证他人是真的很好，萝丝请求他为家里添购一些用品，比如热水器、波斯地毯和电冰箱。诺埃尔的回答是鼓励萝丝多祷告，好保佑他中乐透彩。

"既然如此，"萝丝务实地说，"那我们还不如多为自己祷告！"

天气很热，这样闷热的高温，让冰镇过的葡萄酒和餐后立即可享用的水果显得更为可贵。喝饭后咖啡的时候，埃利安果敢直率地表达了自己对爱情的看法——她如果恋爱了就会结婚。卡特琳却告诉她，一个人坠入情网时，最迫切的要务是做爱；而这种物质至上的论调，让埃利安受惊不小。务实的萝丝则认为，若是"很不幸地，实际经验只会证明婚姻就是爱情的坟墓"，那她就赞同这说法。

埃利安和卡特琳截然不同的主张，迫使两个人站在了对立面，并变得意气用事，个性鲜明的人僵持不下时，很自然就会变成这样。诺埃尔连看待事情的时候，都会从黏土与雕塑切入，他相信人类有形而肩负重担的一生当中，关于女性、子女以及父系体制的真理。因此，萝丝在埃利安和卡特琳高声争执的疲劳轰炸下，装作忽然明白了诺埃尔多次造访的目的。

"谢谢您，"她说，"我无法形容这意外的发现，是多么令我受宠若惊。我明天就会告诉我父亲'我们的'计划，过几天您便可以向他提出您的请求。"

"可是……"诺埃尔说，不大理解是怎么回事。

"噢，"萝丝故作激动地说，"我明白。不过您不必开口，我就能了解您的心思。您是那种闷不吭声、需要别人来揣测心意的人。话说回来，我很高兴您表白了，因为您到访的频繁程度，已开始损害我纯洁无瑕的名声。"

被逗乐但隐约又有些不安的诺埃尔，对自己能够如愿以偿表示相当欣慰。

"更别说你们还得加快脚步，"帕特里斯说，一边正准备点燃一根烟，"萝丝的情况该让您有必要赶紧成事。"

"什么？"诺埃尔叫道。

"我的天，"克莱尔说，"她这才不过两个月而已。"

"而且，"萝丝温柔而坚定地附和道，"到了您这个年纪，就算在其他男人的孩子身上看见自己的影子，也能欣然以对。"

诺埃尔听得皱起了眉头，克莱尔这才好心安抚道：

"开个玩笑罢了，重点在于运用机智，幽默以对。我们到客厅去吧。"

如此一来，有关原则的讨论也告一段落，不过为善不欲人知的萝丝，仍轻声细语地跟埃利安纾解着。宽敞的客厅里，帕特里斯来到了窗边，克莱尔靠着桌子站立，而卡特琳则躺在席子上，其他人坐在长沙发里。整座城市和港口被浓雾笼罩，拖船却不受影响继续开工，其低沉的鸣笛声一路远播至此，挟带着柏油和鱼腥味；红色和黑色的船舶、生锈的缆桩、裹着海藻黏腻的链条……整个海港世界正在下方苏醒。日复一日，燃烧体力与耐力的生命，就这样发出一次次阳刚而亲切的呼唤，让这里的每个人都深受吸引或感召。埃利安悲伤地对萝丝说：

"说到底，您其实也跟我一样。"

"不，"萝丝回答道，"我只是想让自己快乐，且越快乐越好。"

"而爱情不是唯一的途径。"帕特里斯接话，没有转头看她们。

他很喜欢埃利安，生怕自己刚才的话让她不好受。但他完全理解萝丝想要快乐的心情。

"这可真是个平平无奇的理想啊。"埃利安说。

"我不知道这理想是不是平平无奇，但肯定是正面而健康的。所以，你们知道吗……"帕特里斯没继续往下说。萝丝微微闭上了眼睛。古拉跳到了她的膝上，通过慢悠悠地抚摸猫儿的后脑勺，萝丝不知不觉中酝酿着某种人猫融合的境界：在那里眯着眼睛的舒爽猫咪与一动不动的女孩，会从同一种视角看到相似的宇宙万物。在拖船长长的鸣笛声中，每个人各自沉思着。萝丝让古拉蜷曲在自己身体的凹陷处，任由猫咪的咕噜声与自己共鸣。热天的高温令她的眼皮变得沉重，并使她陷入只听得到自己脉搏声的寂静里。猫儿们白日会睡上一整天，入夜后则从第一颗星星升起时，不停求偶交欢直到黎明。它们的快感是凶猛、狂野的，梦乡则悄然无声。它们还清楚，肉体有自己的灵魂，心灵无从置喙。

"对,"萝丝张开眼睛说道,"要让自己快乐,越快乐越好。"

梅尔索想起了露西安娜·雷纳尔。方才,当他说路上的女孩很美时,他主要想说的是有一个女孩在他看来特别漂亮。他是在朋友家里邂逅她的。一个星期前,他们两人单独约了会,由于没什么事可做,便沿着港口漫步,就这样度过了一个美丽、炎热的早晨。她始终没有开口说什么,送她回家的时候,梅尔索惊讶地发现自己竟握着她的手久久不放,并对着她微笑。她个子蛮高的,没戴帽子,脚下踩着一双凉鞋,身着一件白色洋装。他们在街上散步时,微风迎面袭来。她跨出的每一步,都在晒得灼热的平板路上踩得踏实,起伏间,她逆风而行的身姿,显得格外轻盈飘逸。在这个动作中,她的洋装顺势紧贴在身上,勾勒出她平坦而凹凸有致的小腹曲线。飞扬的金发,小而直挺的鼻子,加上激荡出美丽弧度的胸部,让她像是与大地达成了某种秘密约定,与它连成一气,连带周遭世界也受她的一举一动支配。当她右手上的包包随着手摆动时,她佩戴的银手镯撞击扣环发出清脆的响声,她抬高左手至头顶遮挡阳光,踩在地上的右脚尖即将离地,那刹那的姿态,让帕特里斯觉得她仿佛与世界融为一体。

就在那时，他感觉到他和露西安娜的步伐，因某种神秘的默契达到了完美协调。他们的步调相当契合，他配合起来全不费力。露西安娜的平底鞋大概也使得这默契更加水到渠成，但在他们各自脚步的大小幅度和弹性上，的的确确也有什么是如出一辙、一般无二的。同一时间，梅尔索还注意到了露西安娜的安静，以及她内向拘谨的面部表情。他猜想她可能不是那样聪明，心中窃喜。才智匮乏的美当中存在着某种神性，而梅尔索对此要比任何人都来得敏感。上述种种，都让他的手在她柔软的指尖流连不去，令他经常想见她，与总是安静地迈着步伐的她，一同漫步良久；两张晒成小麦色的脸庞，一起仰望阳光灿烂或星辰闪烁，一起游泳，两人的动作变得同步，除了体会彼此身体真切的存在以外，再没有其他的交流。如此这般，直到昨天晚上，梅尔索在露西安娜的朱唇上，重新发现了熟悉且令他震惊的奇迹。在此之前，打动他的是她紧紧扣住自己衣服的方式，挽着他的手臂追随他的感觉，这类全然信赖和毫无保留地将自己托付的举动，触动了他身为男性与生俱来的天性。还有她安静的模样，使得她的存在全都化为当下的每个举止姿态，并令她更像一只小猫；而她原本的所有动作中，就已融入了与猫儿神似的流畅与轻巧。昨天晚餐后，他与她来到码头散步。中间他们一度停下，倚在街边栏杆上，露西安娜则钻进了梅尔索的怀里依偎着他。在夜色中，他用手指去感受她脸颊上凸起而冰凉的颧骨，触摸她微温的嘴唇，令其在自己指尖压力下轻启，吐露温热芬芳。他的心中随之发出剧烈的呐喊，疏离却又炽热。面对眼前满天星斗的夜空，与仿佛天幕倒转而成、充盈着万家灯火的城市景致，在从港口一路迎面而上的深邃暖风之下，他对这股温热芬芳萌生了渴望，只想不顾一切地抓住这活色生香的红唇上，所有沉睡中原始的感官欲望，就像要解放她口中禁锢的沉寂野兽。他朝她俯身而下，宛如将自己的唇贴在一只小鸟上头。露西安娜微微呻吟。他啃吮她的双唇，不知过了多久，他与她气息相贴，贪恋地吸取这温热缱绻；好似占有它，就等于将全世界拥入怀中。另一边她则牢牢攀附着他，好像溺水一样，在自己坠落的无边深渊里沉浮，对他的吻欲拒还迎，接着又堕入暗无天日的冰潭里，令她在凡尘的欲望中燃烧、升华。

……埃利安正打算告辞。在梅尔索房间里等着他的，是属于寂静与沉思的漫长午后。晚餐时，所有人都陷入沉默，但一致决定转移到露台上。一天的结束终归是另一天的开始。从早晨轻雾弥漫、阳光普照的海湾开启，在夜晚海湾的温和静好中画下句点。太阳从海上冉冉升起，缓缓落于山丘之后，因为天空给的只有一条从大海通往山丘的路。世界表达的从来只有一件事，起初能吸引关注，接着便使人疲乏厌倦。但经过不断努力，它总有一天会赢得胜利，并因锲而不舍而获得奖励。"世界之窗之家"的一天，便是如此，在欢笑与平凡的琐事中，编织简单却丰饶的日常，然后在露台上满天星斗的夜空面前落幕。众人躺在长椅上，卡特琳坐在围墙上。

星光璀璨而神秘的天空，照亮夜晚黝黑的脸庞。远方，光影在港口掠过，列车的呼啸声间隔越来越长。星辰变亮、变大，又缩小转趋黯淡，消失于无形又重生；明灭中互相联结，描绘出断断续续、变化无常的图像，隐约的星座形状,亦回过头来为它们搭桥牵线。静默时，夜晚又回复深沉得难以穿透的本色。斗转星移间，星辉在眼睛里留下的流转变化，就像泪水在眼眶里点缀的水光。沉浸在深邃、浩瀚天空中的众人，各自来到了一个极致的交会点——人生之所以孤独的不可言说和柔软脆弱，全都在此交叠、重合。

突然因爱而喘不过气的卡特琳，不知所措，只能叹息。帕特里斯感觉到她的声音有些许不同，于是问道：

"你们不冷吗？"

"不冷，"萝丝说，"而且这儿真的很美。"

克莱尔起身，将双手放在墙上，仰起头面朝天空。在世界最根本和最高贵的一切面前，她将自己的人生和生活的欲望重叠、融合，将她的希望寄予星辰的运转。她忽然转过头来，对帕特里斯说：

"日子过得顺遂的时候，要相信生命，才能逼得它不得不好好回应。"

"对。"帕特里斯回答，没有看她。

一颗流星划过后，远方灯塔的微光在当下变得更加浓黑的夜色中越发清晰、扩大。有人默默地沿着山路往上爬，几乎可以听见他们步伐的沉重和喘着粗气的声音。不久，有股花香飘了上来。

世界从来都只诉说着同一件事。在这个从一颗星星到另一颗星星，不厌其烦始终如一的真理当中，成就的是一种自由，将我们从自己和他人的束缚中解放，正如那从死亡到死亡、始终如一的真理一般。帕特里斯、卡特琳、萝丝和克莱尔因而领悟到,将自己全盘交付给这个世界所应运而生的幸福。若这一夜像是他们命运的模样,他们会崇拜它既具肉欲魅惑又奥妙神秘,赞叹它的脸庞糅合了泪水与阳光。而他们悲苦又欢愉的心,将心领神会这能通往快乐的死亡终局,具有双层意义的一堂课。

时间很晚了,已是午夜。在这宛如世界正在休养生息与冥想的夜晚面前,暗涌与星星的低语预示着即将到来的黎明。从布满星宿的天空,降下一道颤抖的光芒。帕特里斯看向他的朋友们:卡特琳蹲在墙上,头往后仰;萝丝蜷缩着身子隐没在长椅里,露出放在古拉身上的手;克莱尔倚墙而立,白皙、饱满的额头在夜色中格外鲜明。青春正盛的他们,掌握追求幸福的能力,共享自己的年轻岁月,同时保有各自的秘密心事。他走近卡特琳身边,从她晒得黝黑的肩膀上往外看,凝视被她浑圆的曲线烘托的那片天空。萝丝也走近墙边,如此四个人都来到了世界面前。这就好像夜里突然变得更加沁凉的露水,洗去了他们额头上孤独的印记,并透过这颤抖而短暂的洗礼,让他们解放自我,回归世界。在这星辰泛滥的深夜时刻,他们的姿态在浩瀚天空沉默的表情中凝结。帕特里斯忽然抬手指向天空，掠过成串星斗，搅动夜空云海，而阿尔及尔就在他的脚下，围绕着他们的，仿佛一件缀满宝石与贝壳、灿烂又幽暗的大衣。

IV

　　清晨，梅尔索的车子开着日行灯，行驶在滨海公路上。离开阿尔及尔之后，他追上并超越了送牛奶的马车，马匹散发出的温热汗水和马厩的味道，让他对早晨的清新气息更为敏感。天色还很昏暗。最后一颗星星在天空里逐渐消散，一片漆黑中，驰骋在被车灯照得发亮的路面上，他能感知到的只有引擎如野兽般快乐奔驰的嗡鸣，还有时不时从较远处传来的嗒嗒马蹄声和满载铁桶的马车一路颠簸发出的哐当声，直到黝黑的道路上，四只发亮的马蹄铁开始变得清晰可辨。接着，一切都在汽车飞驰的声音里变得模糊。他现在加快了速度，晦暗的天色也很快转为大白。

　　汽车从阿尔及尔丘陵中残存的夜色深处，顺着俯瞰大海与远眺旭日东升的公路疾驶而出。梅尔索驱动车子全速前进，车轮接触地面的隐隐声响，在露水滋润过的路面上变得越发鲜明。车子行经每个弯道时，踩下的刹车都让轮胎发出尖锐的摩擦声，而回归直线行驶时，引擎加速的隆隆低鸣，短暂盖过了从下方海滩传来的隐约浪涛声。手握方向盘的孤独，唯有驾驶飞机时无可逃避的寂寞能够超越。完全坦然面对自我，对自己动作的精准而自满的同时，梅尔索可以回归自我，回到自身心心念念的事情上头。现在，路的尽头天色已然明朗。随着太阳自海面升起，道路两旁方才还悄无声息的田野，如今在一片小鸟和昆虫飞舞的红色残影中苏醒。偶有农夫穿越其中，在飞速行进间的梅尔索眼中，只留下一个朦胧的轮廓；背负的沉重包袱，让他每一步都在肥沃、泥泞的土地上留下烙印。隔一段时间，车子就会带他回到俯瞰海面的丘陵边。它们变得越来越大，不久前其轮廓在逆光下才隐约看得清剪影，如今随着距离迅速拉近，种种细节也被放大，更加清晰，突然毫无保留地显露的山坡，向梅尔索展示出满山满谷的橄榄树、松树和灰泥小屋。迎面而来的另一个弯道，又带着车子奔向面海那一边，涨潮朝梅尔索的方向涌上来，就像蕴满海盐、潮红与睡意的献礼。车子接着又在路上呼啸而过，继续往山丘另一面和始终一般无二的大海驶去。

一个月前,梅尔索向"世界之窗之家"宣布了自己要离开的消息。他的计划是先旅行一阵子,然后在阿尔及尔市郊定居。几个星期后,他就踏上归途,明白如今对他来说,旅行已经是种格格不入的生活模式:四处游历能带给他的,似乎只是种惶惶不安的幸福,更遑论他也感觉到自己的身体总有一种莫名的疲惫。他等不及想实现自己的计划,在距离提帕萨遗址*数公里的西那瓦†,买一间依山傍海的小屋。抵达阿尔及尔后,他便着手建置自己人生的外在形象。他将大笔资金用来投资德国医药产业,雇了个经理人来管理名下的有价证券,好将自己离开阿尔及尔、财务无虞的生活合理化。至于他这所谓投资业务的表现则勉强凑合,偶尔甚至要填补亏损;但为换取彻底的自由自在进献纳贡,他没有一点惋

---

* 阿尔及利亚的提帕萨(Tipasa)小镇位于地中海岸,距离阿尔及尔约70公里。当地集结了腓尼基、古罗马、拜占庭等不同时期的历史遗址,其丰富多元是西北非地区之最,于1982年被联合国教科文组织列入《世界遗产名录》。

† 西那瓦(Chenoua)山脉延伸入海,可眺望提帕萨遗址,山上的小村庄与当地知名海滩亦名为西那瓦。现今不仅有大理石矿业,也因美丽的岩岸与沙滩美景,发展出蓬勃的观光度假产业。

惜和懊悔。事实上，只要能向世人呈现一种能够理解的面向便已足够，其余的，怠惰与软弱自会填空补强。几句廉价的隐私分享、真情流露，就能挣得独立自主、无拘无束的日子。接下来梅尔索要处理的，是决定露西安娜的命运。

她没有双亲，一个人过活，在煤炭公司担任秘书，用餐时会吃点水果，并有健身的习惯。梅尔索曾借过她几本书，还书的时候她什么都没说。要是他问起，她会回答："嗯，不错啊。"或是："这本有点悲伤。"决定离开阿尔及尔的那天，他邀请她来跟自己一起生活，但仍要她继续住在阿尔及尔，无须工作，只要在他需要她的时候，过来陪他就好。他说这话的时候有足够的信心，让露西安娜不会有任何遭受羞辱之感，况且这本来也没有任何让人觉得羞辱之处。露西安娜对脑筋无法理解的事情，经常是用身体去领会。她接受了提议。梅尔索补充道：

"若是您坚持的话，我可以答应跟您结婚。只不过这在我看来并不重要。"

"就照您的意思办吧。"露西安娜说。

一个星期后，他跟她结了婚，并准备启程。此一同时,露西安娜买了一艘橘色的独木舟,到蓝色的大海上泛舟。

梅尔索急转方向盘,好闪避一只早起的母鸡。他想起与卡特琳有过的一段对话。出发前一天他挥别了"世界之窗之家",独自一人到旅馆过夜。

那时刚过中午,因为上午下了一场雨,整个海湾就像清洗干净的玻璃窗,天空也宛如一张平整洁白的床单。正前方海湾弧线尽头的岬角,显现出美好、纯净的轮廓,加上阳光镀上的一层淡金色,延伸入海的它,看上去就像一条夏日的巨蟒。帕特里斯已将行李收拾妥当,正倚着窗框贪婪地凝望这世界焕然一新的景象。

"我不懂你为什么要走,如果你在这里很快乐的话。"卡特琳对他说。

"再待下去我怕会有人爱上我,小卡特琳。那会妨碍我追求快乐。"

卡特琳窝在长沙发上,头低低的,用她那双深邃无垠的美丽眼睛望着帕特里斯。后者没有回头,继续说道:

"许多人会把自己的存在搞得很复杂,在脑子里幻想臆造所谓的命定。我这人很简单,你看……"

他说话的时候面朝着世界,让卡特琳觉得自己好像被遗忘了。她盯着帕特里斯靠在窗台的前臂末端垂下的修长手指，观察着他将身体重心放在单边胯骨的姿态，一边猜想他的眼神定是茫然失焦的，尽管她看不到他的脸。

"我希望的是……"才刚开口她又恢复沉默，望向帕特里斯。

趁着风平浪静，小帆船开始扬帆航向大海。它们进入航道，使航道填满随风鼓动的风帆，然后突然笔直冲出，往辽阔汪洋前进，带动疾风激起水花，震荡下化作一道长长的泡沫。从卡特琳的位置看过去，随着帆船渐行渐远，海面上画出的轨迹也在帕特里斯周围延伸，好像成群结队的白色飞鸟。他似乎感觉到她的沉默和视线，转过头来，握住她的手，将她带到自己身边来。

"永远不要放弃，卡特琳。你身上拥有的东西那么多，其中最高贵的，是你有追求幸福的天赋。不要只是等待一个男人来赋予你人生的意义，这是多少女人都会犯的错误。这意义应该由你自己去寻找。"

"我没什么好抱怨的，梅尔索，"卡特琳揽着帕特里斯的肩膀轻轻地说，"眼下最重要的只有一件事，就是照顾好你自己。"

他因而发现自己坚定的信念，凭靠的依据竟是如此薄弱。他的心莫名地冷了下来。

"这时候你不该说这种话。"

他拿了行李,先是走下很陡的楼梯,然后一路从橄榄树林走到橄榄树林。在那一头等着他的,只剩下西那瓦、提帕萨遗址和苦艾草所在的森林,毫无希望也并不绝望的爱,以及一段醋与花的过往回忆。他回头一望,卡特琳在上头注视着他离去,怔怔地一动也不动。

不到两个小时后,西那瓦已在梅尔索眼前。这时夜色最后一抹紫色微光,还在沉潜入海的山坡上逗留,山顶则已透出红色、黄色的浅浅光芒。大地像是挟带着某种强劲如大军压境的气势,从天际的萨赫勒*沙丘出发,一路长驱直入,抵达从峰顶高处延伸入海,宛如雄壮巨兽背脊的山岳。梅尔索买下的小屋在最后头那一带的山坡上,距离此时已被太阳晒得金光粼粼的大海只有百来米。房子总共只有两层楼,而二楼就只隔出了一个房间,不过这房间很宽敞,且正对着前面的庭院,从附带露台的美丽凸窗,还能俯瞰海景。梅尔索快步爬上二楼的房

---

* 萨赫勒(Sahel)地区是非洲从中东红海沿岸至大西洋沿岸、介于撒哈拉沙漠南部与苏丹草原之间的狭长地带,因降雨量低而经常发生干旱,是全球最贫穷的地区之一。

间，海面已开始冒出热气，颜色变得湛蓝，露台上热烫的红砖则镀上了耀眼的光泽。有一株娇艳的玫瑰爬上了灰泥墙，攻城略地，吐露芬芳。玫瑰的颜色是白色，已经绽放的那几朵，在大海深蓝色的背景中显得尤其突出；紧实娇嫩的花瓣，同时透露出饱满与丰盈。一楼的房间之中，有一个面对的是邻近的西那瓦山丘，上头长满了各种果树，另外两个房间则分别面向庭院和大海。院子里有两棵巨型松树，挺拔的树干高耸入云，只有树顶覆盖了黄绿色的茂密针叶。从屋子里往外望，只能看见两棵松树之间的海景。此时，一抹小小的蒸汽朝更远的大海飘去，梅尔索用目光紧紧跟随，目不转睛地看着它从一棵松树移动到另一棵的轨迹。

这就是他要生活的地方。大约是它的美打动了他的心，他也正是为了这里的景致，才会买下这栋房子。然而，他原本希望能在这里得到的休息和放松，现在却令他害怕，他曾经那样明确想要寻求的孤独，如今当他对一切场景了然于胸，反而更令他不安和惶恐。镇上离此并不远，仅数百米。他走出家门，有一条小径从公路分岔出来，直接通往海边。就在要踏上这条小径之时，他第一次发现，原来从这里可以看到大海另一端提帕萨遗址所在的小岬角，岬角的末端，清晰可见神殿闪耀着金黄色光芒的廊柱，以及周围的断垣残壁，古迹间穿插的苦艾灌木丛，远远望过去，就像一张浓密的灰色羊毛皮。梅尔索想，六月的晚风应该会跨越大海，把满载太阳气息的苦艾香气，送到西那瓦来。

他的家园还等着他着手布置、打理。起初那几天过得很快，他用石灰粉刷墙面，到阿尔及尔采买挂毯，重新铺设电路管线。除了停下工作到小镇的旅馆用餐和做海水浴以外，他每天就这样在劳动中度过，他忘了自己为什么来到这里，全部心思都为肉体的疲劳、腰酸背疼和僵硬无力的双腿瓜分，还得操心油漆不够或走廊的电灯开关没装好。他晚上睡在旅馆，借此渐渐熟悉小镇的人与事：星期天下午来打俄式台球和乒乓球的男孩（他们占用球台一整个下午，只点一次饮料，让老板很是气恼），入夜以后沿着俯瞰大海的路上散步的女孩（她们手挽着手，说话时每个字的最后几个音节听起来有点像在唱歌），还有佩雷*，供应旅馆渔获的渔夫，他只有一

---

* Pérez，与第一部第二章的另一个人物同名。该人物已然因病过世，没有混淆问题，故沿用同样的音译。

只手臂。小镇的医生贝尔纳也是他在那里结识的。不过,家里全安顿好了的那天,梅尔索把随身衣物都运了回来,开始有点回过神来。时间是晚上,他人在楼上的房间里,窗外有两个世界在争夺两棵松树之间的位置,一个世界里面几乎是透明的,星星越冒越多;另一个较浓重和深沉,隐隐跳动的水光,代表着大海的暗涌。

到目前为止,他都有闲情逸致应付社交生活,跟帮他忙的工人互相交流或与咖啡馆老板聊天。但这天晚上,他意识到自己没有任何人可见,明天和其后的每一天也都没有,他眼前要面对的,就是自己如此殷殷企盼的孤独与清静。打从他不必再见任何人的那一刻起,翌日对他来说,变得令人恐惧地转瞬即至。不过他还是告诉自己,这就是他要的:单独面对自己,经历漫长的岁月,直到耗尽生命。他决定哪儿也不去,边抽烟边思考直到深夜,但才将近十点他就困了,上床睡觉。隔天他很晚才醒来,已经上午快十点,他准备好早餐,也没梳洗就直接开动。他觉得自己有点疲惫,胡子没刮,头发也乱糟糟的。然而饭后本该到浴室整理仪容的他,却在屋子里四处游荡,翻看杂志,最后好不容易找到一个从墙上松脱的电灯开关,便十分满意地着手干活。这时候他听见有人敲门。是旅馆的小男孩按照他前一天预订好的，为他送午餐来了。慵懒的他就这样又坐上餐桌，因为怕菜冷掉，即使没胃口也照吃不误，餐后径直躺在楼下的长沙发上抽烟。当他醒来时，他非常懊恼自己居然睡着了，而时间已是下午四点。他这才动手梳洗，仔细地把胡子刮干净，换好衣服，提笔写了两封信，一封给露西安娜，另一封给那三个女大学生。写完信已经很晚了，天色变得昏暗，不过他还是特地到镇上的邮局把信寄了，然后没见任何人就直接回到家里。他上到二楼的房间，走出露台。大海与黑夜在沙滩上和断垣残壁中呢喃低语。他沉思着，这白白浪费的一天让他困扰不已，想着起码这天晚上，自己得干点活，或做点什么，看看书或者出门在夜里走一走。院子前的铁门发出嘎吱声响：是他的晚餐来了。正好他肚子饿得慌，这顿饭吃得特别香，让他在饭后觉得没办法再出门，于是他决定在床上看很久的书，谁知才看了没几页，眼皮就不由自主地合上，翌日他醒来时又已是日上三竿。

接下来的几天，梅尔索尝试对抗这种作息对他的侵蚀。随着被铁门的嘎吱声和无数根香烟填满的日子一天天过去，挥之不去的焦虑与不安在他心中滋生，使他发觉，为了这样的生活，自己曾做的努力和这种生活本身之间，存在着严重的比例失衡。一天晚上，他写信要露西安娜过来，借此中断这份自己如此热烈期盼过的孤独。信寄出的时候，他被一种无法宣之于口的羞惭所淹没。然而当露西安娜人一到，这股羞惭却在一种不经大脑的迫不及待中消融；与熟人重聚，加上她的到来，就象征着日子能过得轻松自在，喜悦占据了他的脑海。他对她嘘寒问暖，大献殷勤，露西安娜望着他的眼神有点吃惊，不过她始终在意的还是自己熨烫得一丝不苟的白色洋装。

于是，他终于可以出门到乡间散步，但那是因为有露西安娜陪着；他虽找回了自己跟世界的融洽与默契，但一手得搂着露西安娜的肩头。有了男人这个角色作为掩护，他得以逃避自己不为人知的恐惧。然而才过了两天，露西安娜就已经令他感到厌烦，她却偏偏选在这时候要求搬过来跟他一起生活。他们正一起吃着晚餐，梅尔索盯着餐盘里的食物，连头都没抬就直截了当地拒绝了她。

一阵沉默过后，露西安娜用冷淡的声音补上一句：

"你并不爱我。"

梅尔索抬起头。她的两只眼睛里满是泪水。他放软了语气说道：

"可是我从没说过爱你啊，丫头。"

"真的，"露西安娜说，"问题就出在这里。"

梅尔索起身走向窗边。从两棵松树之间，可窥见夜空中布满星辰。而此刻帕特里斯的心里，也许从来没有除了焦虑以外，同时还对两人一起共度的这几天如此反感过。

"你很美，露西安娜，"他说，"除此之外我没有更多的想法。我对你没有其他要求。这对我们俩来说已经足够。"

"我知道。"露西安娜说。她转过身背对帕特里斯，用刀尖划着桌巾。他朝她走过来，从颈后托起她的脸。

"相信我，无以复加的痛苦，无法承受的悔恨，刻骨铭心的回忆，这些都不存在。所有的一切都会被淡忘，哪怕多伟大的爱情也是一样。这正是人生之所以悲哀和最鼓舞人心之处。这世上有的，只是某种看待事情的方式，它会时不时地出现。这也是为什么人的一生中能拥有伟大的爱情，体验过情伤的痛苦，仍旧是件好事。这样在绝望无缘无故地降临，让我们难以负荷之时，至少还有借口可以逃避。"

过了一会儿，梅尔索略微思考后又补充道：

"我不知道你是否能懂我的意思。"

"我想我能懂。"露西安娜说。她突然转过头对他说："你不快乐。"

"我会快乐的，"梅尔索激动地说，"我也一定要变得快乐。在这样的夜晚，看着这片大海，还有活生生的血肉在我的指间，我会的。"

他转过头看向窗外，手中捏紧露西安娜的脖子。她沉默不语。

"至少，"她说，眼睛望向别处，没有看他，"作为朋友，你对我还是有一点情分的吧？"

帕特里斯在她身边跪了下来，并咬住她的肩膀。"友情？有的，就像我对黑夜也有的那样。你是我双眼喜悦的源泉，而你不会知道，这份喜悦在我心里有着怎样的地位。"

她次日就离开了。又过了一天之后，无法忍受独处的梅尔索，开车来到了阿尔及尔。他先是去了趟"世界之窗之家"，朋友们承诺月底会去看他，然后他便想回自己以往住的小区看看。

他的房子被租给了一个咖啡馆老板。他问起桶匠的消息,却没人可以告诉他。据说他到巴黎找工作去了。梅尔索随处溜达着。餐厅老板塞莱斯特老了——总之是有那么一点吧。勒内一直都在,结核病依然没好,依旧是一脸严肃。再见到帕特里斯大家都很开心,他则为这次重逢感动非常。

"噢,梅尔索!"塞莱斯特对他说,"你都没变,还是老样子,噢!"

"对啊。"梅尔索回答。

人们明明对自身的变化了如指掌,却还是出于某种不可思议的盲目执着,将自己在心中替朋友塑造的形象,一劳永逸地强加在他们身上,这一点让梅尔索赞叹不已。在他眼中,大家是根据过去的他来看待他,就好比狗的性格不会改变,对人类来说,自己的同类也跟狗没有两样。而正因为塞莱斯特、勒内和其他人与他熟识已久,他对他们而言,更已变得像是罕无人迹的外星球那样陌生和捉摸不透。不过,他跟他们道别时,心中还是满怀友情的。离开餐厅的时候,他遇到了玛尔特。看见她,梅尔索才意识到自己几乎忘了她的存在,但与此同时,他又是期望再见到她的。她还是一如既往地美丽,仿佛画中女神般。他暗自默默地渴望着她,却又摇摆不定。两人相偕,并肩同行。

"噢,帕特里斯,"她说,"碰到你,我真是太开心了。你最近过得怎么样?"

"没怎么样,你也看见了。我现在住在乡下。"

"啊,真是太好了。那是我一直以来的梦想呢。"

一阵沉默之后,她说:"你知道吗,我不怪你。"

"我知道,"梅尔索笑着说,"你自己有法子平复心情。"

语毕,玛尔特转而用一种他不大熟悉的语气回道:"对人别那么坏,好吗?我很清楚终有一天,我们之间会像这样走到尽头。你是个怪小伙,而我,套一句你常说的,不过就是个小姑娘。所以当事情发生的时候,我当然很气,你懂的。不过后来我告诉自己,你过得并不快乐。奇怪的是,嗯,我不太知道怎么说,但那是从头到尾第一次,我们之间曾经的种种,让我觉得既伤心又快乐。"

闻言备感意外的梅尔索回望她。他突然想起玛尔特一直跟他处得很好。她接受了他这个人原本的样子,也为他排遣了许多孤独寂寞的日子。他的所作所为对她并不公平。在他的幻想和虚荣高估了她的存在价值的同时，他的骄傲和自尊却对她不够大方。他体认到是出于怎样残酷的矛盾，才让我们对自己所爱的人总是一错再错，重蹈覆辙；先是错估他们的优点和长处，接着又误判他们的缺点和不足。事到如今他才明白，玛尔特与他相处时很自然、很真——她表现出来的，就是她原本的样子，这也是他亏欠她最多的地方。天空下起雨来——绵绵细雨，恰好能够映射和传播一路上的灯火。在光点和雨滴里，他看见玛尔特忽然变得严肃的脸孔，感觉自己被一股汹涌澎湃的感激所淹没，这份不可言传的情感，若是在另一个时空，他可能会以为是一种爱情。然而，他能想到的只有些拙劣的言辞。"你知道，"他对她说，"我挺喜欢你的。即便是现在，如果还有什么我能做的……"

她对他微笑。"不必了，"她回答道，"我还年轻，所以我知道要向前看，当然。"

他表示同意。他们两人之间，既存在着多么遥远的距离，又有着多么深的理解和默契。他在她家门前与她告别。她打开了雨伞，说道："希望我们还会再见。"

"会的。"梅尔索答道。她有点伤感地淡淡一笑。"噢，"梅尔索说，"你又做了那个小姑娘的表情。"

她走进大门里,并把伞收起。帕特里斯向她伸出手,轮到他报以微笑:"再见,表象。"她飞快地跟他握了手,然后突然吻了他的两颊,就跑上楼去了。站在雨中的梅尔索,脸颊上还留有玛尔特冰凉的鼻子与温暖嘴唇的触感。而这出其不意、不求回报的吻,跟维也纳生着雀斑的小舞女的吻一模一样,是那般纯真、美好。

不过他还是去找了露西安娜,在她家过夜,隔天要她陪自己到林荫大道上走走。当他们抵达时,已接近中午。在太阳底下晒干的橘色船只,看上去就像切成四瓣的水果。成群飞行的鸽子和它们的影子一起朝码头滑翔而下,又马上沿着修长的弧线轨迹回旋上冲。耀眼的太阳缓缓地为空气加温。梅尔索看着黑红相间的邮船慢慢驶出航道,加速后大幅度旋转,朝着天与海交会的泡沫之中那条发光的天际线疾驶而去。对目送的一方来说,每一场离别都蕴含着苦甜交织的滋味。"他们真幸运。"露西安娜说。"对啊。"帕特里斯说,心里想的却正好相反,或至少他并不羡慕这份好运。对他来说,重新开始、新的旅程和新的生活,仍有着一定的魔力,但他知道,唯有怠惰和软弱无能的心灵,才会寄望仰赖这些来得到幸福。幸福意味着抉择,而在这个抉择里面,必须包含坚定如一而清明的意志。他仿佛又听见札格厄斯的话："不是出于自愿放弃，而是出于真正对幸福的渴望。"露西安娜依偎在他的臂弯里，女人温热柔软的乳房枕着他的手心。

当天夜晚，在驶回切努瓦的路上，面对高涨的潮汐和忽然显现的山丘，梅尔索感觉自己心里是一片平静无波的宁静。几次尝试重新开始，有意识地检视自己过去的生活以后，他在心中定义了想要与不想要成为的自己。这几日的迷途走岔曾让他感到羞惭，也的确有其风险，但在他看来仍旧有其必要。他大有可能就此泥足深陷，错失唯一的论据与契机，然而，面对和适应各种可能性还是必须的。

梅尔索在弯道上一边踩着刹车，一边越来越确信这教人屈辱却又极其宝贵的真理：他所追寻的那种不寻常的幸福，其实现的条件就在于早起、规律的海水浴和刻意维持的健康习惯。他加速疾驶，决心趁势一鼓作气，把接下来再不费力的生活安顿妥当，跟着光阴和生命深沉的节奏，调整自己的呼吸。

翌日他起了个大早，沿着小路顺坡而下，来到海边。天光已然大亮，早晨的空气里，处处是翅膀窸窣声和鸟儿的吱喳声。不过，太阳才刚刚从海平线升起，当梅尔索走进还是暗淡无光的海水时，他觉得自己好像是游在混沌难辨的暗夜里；直到旭日高升，他才将双臂浸入冰凉的金红色潮流。然后他便回到了岸边，返回家里。他能感觉到自己身体的灵敏，并准备迎接这样的生活作息带来的所有改变。接下来的每个早晨，他会在日出前一刻下海。而这个开启日程的动作，左右着这一天其余的节奏。每天清晨的海水浴，令他感到疲惫，但与此同时，晨泳造成的无力感与活力并存，也为他的每一天带来懒散而放松、疲乏却快乐的滋味。不过他还是觉得日子很漫长。他尚未让自己的时间，与用来作为参考指标的习惯框架脱钩。他无事可做，他的时间因而能够毫无节制地延长，每分钟都能找到不可思议的新价值，只是他还没有意识到。正如旅途中，日子像是没有尽头那样冗长，在办公室里则恰恰相反，从星期一到下星期一仿佛是一瞬间的事。同样地，尽管没有了可遵循的轨迹，他依然尝试在只要纯粹过日子的生活里，找回原本的规律和纪律。偶尔他会拿着手表，盯着指针从一个数字移动到另一个，并赞叹短短五分钟于他来说竟像永远不会结束。这块表大概为他开辟了一条专门修炼无所事事的极致艺术，既痛苦又折磨的道路。他学着自己散步。有时，下午他会沿着长长的沙滩，一路走到另一个岬角上的提帕萨遗迹，然后躺在苦艾丛里，一只手放在温热的石头上，敞开自己的眼和心，迎向这个壮丽、辽阔得叫人难以承受的酷热天空。他让自己的脉搏随着下午两点太阳狂躁的脉动起舞，深陷在荒野的气息和潜伏的虫鸣声中，看着天空从白色变成湛蓝，接着又很快淡化直至碧蓝，将甜蜜与温柔都倾泻给触手依旧灼热的断垣残壁。过后，他早早就回家上床睡觉。在日出日落反复推移中，他的日常生活依循的节奏尽管拖沓又毫无章法，对他来说，却变得跟往日的办公室、餐厅和午睡一样不可或缺。无论是对前者还是后者，他大约都是不自觉的。如今，至少在他神志清明的时候，他知道时间是自己的，且在大海从火红转为碧蓝的短暂片刻里，每一秒都为他演示着关于永恒的想象。每日的天际线之外，他无法窥见超乎平凡的幸福，朦胧中也看不清所谓永恒。对幸福的感知是人之常情，而永恒存在于日常里。只要懂得谦卑，令自己的心听从生活的节奏，而不是让生活的节奏去屈从远在天际线之外、遥不可及的指望。

　　正如在艺术创作上，要懂得在该收手的时候停手，雕塑家总会面临不该为作品再多琢磨任何一分的时刻，在这一点上，比起最敏锐的洞察力，不经大脑的意志力，对艺术家来说才是最有帮助的，就像实践完美的幸福生活，只需要最小、最初级的智慧，是一样的道理。没有这种天赋的人，只能靠自己去努力求来。

另外，星期天梅尔索还会跟佩雷一起打台球。佩雷是个独臂人，他残废的那条胳膊在手肘上方的部位截了肢，所以他打球时用的方式有点怪，胸膛拱起，用残肢来推杆。当他早上去捕鱼的时候，在一旁看着的梅尔索总是很佩服这个老渔夫敏捷的身手，他会把左桨夹在腋下，站在小船上，身体歪向一边，用胸部推动一支船桨，另一支则用完好无缺的手划动。他们很处得来。佩雷常做的菜是辣酱乌贼，他的做法是把乌贼放进墨汁里烹煮，完成后跟梅尔索分食，两个人一起在渔夫的厨房里，就着满是烟垢的平底锅，用面包蘸取滚烫的黑色酱汁。此外，佩雷还是个从来不说话的人。梅尔索对他沉默寡言的本领既受用又感激。有时，在清晨的海水浴过后，他会碰上他推小船下水，准备出海。这时他会上前问：

"我可以跟您一起去吗，佩雷？"

"上船吧。"对方回答。

他们把桨在各自的桨架上固定妥当,然后极有默契地协力划动船桨,同时留心(至少梅尔索是这样)脚别踩到延绳上的鱼钩。到了地方他们就开始垂钓,梅尔索看着渔线的动静,海面上的渔线闪闪发亮,到了海面之下,则在漆黑中不停摆动。太阳在水面碎成千万个小碎片,令梅尔索的呼吸里都是一种沉闷而令人窒息的味道,好似海神的气息。有时候佩雷钓上的是一条小鱼,他会把它抛回去然后说:"回去找你妈吧!"十一点他们返回岸上,手上全是亮晶晶的鳞片,脸庞被太阳晒得泛红的梅尔索,会在这时回到像地窖一样阴凉的家里,而佩雷则去准备料理渔获,以便晚上两人一起享用。日复一日,梅尔索放任自己被埋没在这样的日常里,就像任自己滑入水中一般。正如游泳时,靠着手臂划动和水的浮力与助力之间相辅相成的效应来往前推进那样,只消几个必要动作,把一只手放在树干上,或是在海滩上奔跑,就能够让他不受任何侵扰并维持思虑清明。就这样,他的人生回到了最纯粹的状态,他找回了最缺乏或最富有智慧的动物所专属的天堂。到了这个心智否定心智的境界,他触及自己的真理,也借此触及自己的荣耀与极致的爱。

多亏贝尔纳的引见，他也融入了小镇居民的生活。有一次他因为身体微恙必须请医生出诊，自那以后他们便常碰面，且大多时候都相处愉快。贝尔纳是个不多话的人，但他的神态中带有一丝犀利，为他玳瑁镜框下的目光增添了独特的光芒。他曾长期在印度支那※执业，四十岁时挥别亚洲，来到远在阿尔及利亚的一隅定居。数年来，他与妻子在这里过着平静安稳的日子。她是印度支那人，几乎从不开口说话，头上梳着发髻，穿着西式套装。由于出色的包容力，贝尔纳能轻易打入每个圈子，他喜欢镇上的所有人，而所有居民也都喜欢他。他拉着梅尔索参加各种社交活动，后者跟旅馆老板已经很熟，这位前男高音现在只能在柜台一展歌喉，一边咆哮两句《托斯卡》，一边扬言要狠狠修理自己的太太。帕特里斯应邀与贝尔纳一起加入了节庆委员会。遇到七月十四日国庆和其他节日的时候，他们会戴上红蓝白三色臂章上街，或是与其他委员围着一张残留着开胃酒糖浆的黏腻绿色铁桌，讨论究竟乐队演奏台的装饰该用卫

※ 即中南半岛，印度支那译自法语 Indochine，其范围跨越今越南、老挝、柬埔寨等，这些国家自 19 世纪中叶至 20 世纪中叶，曾为法国殖民地与保护国。

矛*还是棕榈,甚至有人怂恿他出马参与竞选。不过,梅尔索有机会结识了镇长。他十年来一直"为自己的市镇主持大局"(这是他的原话),而这近乎永久的任期,让他渐渐把自己当成了拿破仑。身为一个富有的酒农†,他让人替自己盖了一栋希腊风格的宅邸。他曾带梅尔索参观过,屋子总共只有两层楼,而面对任何开销都不肯妥协的镇长,还是装了一部电梯。他让梅尔索和贝尔纳试乘过,贝尔纳心平气和地分享了他的感想:"它搭起来蛮顺的。"打从这天起,梅尔索便开始发自内心地钦佩和崇拜镇长。贝尔纳和他决定发挥一切影响力,确保再适任不过的他能继续留任。

春天,山与海之间,红色屋顶鳞次栉比的小镇开满了各种鲜花,有茶玫瑰、风信子和九重葛,到处都听得到昆虫的嗡嗡声。午睡时分,梅尔索来到露台上,望着沉睡中的小镇,在泛滥成灾的阳光下吸烟。当地的发展史与莫拉莱斯与宾涅斯的炫富竞赛有关,他们两个是富

---

* 卫矛是一种落叶灌木,适应性强,易于在各种环境中生长,在法国及世界其他各地都是受欢迎的常见观叶植物。
† 酒农(vigneron)意指自己栽种葡萄藤、采收果实并酿造成葡萄酒的农夫,与单纯转售每年收成的葡萄农有所区别。

有的西班牙移民，靠投机买卖成为百万富翁。发迹后，两个人就被一争高下的狂热冲昏了头，当其中一人买了最贵的一款车，另一个人就会买辆一模一样的，但会特地把车门把手改成银制的。而在这盲目的奢华较劲里，莫拉莱斯可说是个中奇才。镇上的人都称他为"西班牙国王"，因为他样样都胜过创意不足的宾涅斯。战时，当宾涅斯认购数十万法郎公债的那天，莫拉莱斯却宣告："我做得更好，我捐的是我儿子。"且让自己还未满服役年龄的儿子应召入伍。1925年，宾涅斯从阿尔及尔开着一辆豪华的布加迪跑车回来，两个星期后，莫拉莱斯让人建造了一座停机棚，然后买了一架高德隆※飞机。这架飞机现在还在停机棚闲置着，只有星期天才开放给人参观。当宾涅斯提起莫拉莱斯时，称他"要饭的"，而莫拉莱斯则叫宾涅斯"老古董"。

　　贝尔纳带梅尔索上莫拉莱斯家做客。在满是蜜蜂和葡萄香气的大农庄里迎接他们的莫拉莱斯，虽然已尽可

※ 高德隆（Caudron）是法国飞机制造公司，成立于1909年，1933年为雷诺（Renault）所收购，1946年国有化，并入北方飞机制造公司（Société Nationale de Constructions Aéronautiques du Nord，简称SNCAN）。

能表现出对贵客的重视，却因耐不住西装和皮鞋，只穿着衬衫和草编鞋见客。他们参观了飞机、汽车，连儿子的勋章也裱了框在客厅里展示着。莫拉莱斯一边向梅尔索解释让外国人远离法属阿尔及利亚的必要性（他自己已经归化入籍，"可是，比如那个宾涅斯……"），一边带他们前往自己近期不惜耗费巨资打造的新成果——无边无际的葡萄园中央，开辟了一片圆形广场，上头设置了路易十五风格的会客室，用的都是最名贵的木材和布料。这样一来，莫拉莱斯就可以在自己的土地上接待访客。当梅尔索礼貌地问起雨天该怎么办时，莫拉莱斯眼睛都没眨一下，叼着雪茄毫不犹豫地答道："那就把它换掉。"回程时他与贝尔纳聊的话题，便是暴发户和诗人的差别所在。在贝尔纳的眼中，莫拉莱斯是个诗人。梅尔索觉得莫拉莱斯如果生在罗马帝国末期，可能会是个了不起的皇帝。

之后过了一段时日，露西安娜来西那瓦住了几天，然后又离开。某个星期天早上，克莱尔、萝丝和卡特琳依约前来拜访梅尔索。虽然这时帕特里斯距离刚开始离群索居，忍不住跑回阿尔及尔的心态已经很遥远，但是见到她们还是很开心。他跟贝尔纳一起到亮黄色大巴的客运站接她们。这天天气很好,小镇上停满了流动肉贩的漂亮红车子,鲜花处处,居民衣着清爽、亮丽。应卡特琳的要求,他们先在咖啡馆待了一会儿,她背靠着墙享受这明媚光灿的景色,以及小镇人们闲适的生活,并猜想墙的后头应该就是大海。在大家准备离开的时候,从距离不远的路上突然传出令人意外的乐声,曲目应该是《卡门》中的《斗牛士之歌》,但乐音过于激昂奔放,让各司其职的乐手无法整齐划一地演奏下去。"是体操社团。"贝尔纳说。不过出现的却是二十多个陌生的乐师,不停吹奏着各式各样的管乐器。他们朝着咖啡馆走过来,跟在他们后头的,是脑后顶着船夫帽,帽子底下垫着一块手帕,摇着一把广告扇给自己扇风的莫拉莱斯。这些乐师是他在镇上雇的,他后来解释是因为"经济萧条*下,生活实在太苦了"。他进了咖啡馆坐下,安排完成游行的乐师们坐在他周围。咖啡馆又重新挤满了听众。于是,莫拉莱斯站起身,以目光扫视现场一周,自豪地说道:"应我的要求,乐团将再次演奏《斗牛士

* 法国经济大萧条发生的时间,较美国及欧洲其他国家要来得晚,程度比起受影响较重的德国也来得轻,但还是造成了人民生活困苦与政局动荡。作者创作本书的时间正好与这段历史重合。

之歌》。"

离开时，三个小姑娘笑得喘不过气来。不过抵达梅尔索家时，在阴凉的房间里，对比外头庭院被太阳照得发亮的白墙，她们又找回了平静与发自内心的默契，而这到了卡特琳身上，就等于必须到露台享受日光浴。

梅尔索于是开车送贝尔纳回去。这是贝尔纳第二次接触到梅尔索私底下生活的样子。他们彼此从未交心，梅尔索感觉到贝尔纳并不快乐，而贝尔纳则对梅尔索过日子的方式有点困惑。他们一句话也没说就分道扬镳。梅尔索跟来访的朋友商量好隔天一大早就出发，四个人一起去登山。西那瓦山又高又陡，攀登起来颇为费劲，这对他们来说，可以预见会是阳光照耀下又累又尽兴的美好一天。

清早，他们已经开始挑战第一段陡坡。萝丝和克莱尔走在前面，帕特里斯和卡特琳殿后。行进中，四个人都安静地默不作声。渐渐地，他们越爬越高，俯瞰大海在晨雾中还是一片苍白。帕特里斯也不发一语，全副身心都与山岳融为一体，与秋水仙绽放的蓬乱草原、冷泉、斜影和太阳为伍，同时感觉到身体既受用又不堪负荷，想徜徉山林却力不从心。他们专注地努力前行，清晨的空气进到他们的肺里，仿佛烧红的烙铁，又像是尖薄的刀片，他们全情投入，奋力攻克一个又一个的陡坡。感到越来越吃力的萝丝和克莱尔放缓了脚步，领头的变成了帕特里斯和卡特琳，很快后面两个女孩的身影就已看不见。

"还好吗？"帕特里斯问。

"还好，风景真的很美。"

天空中，太阳已然升起，虫鸣也随着温度上升而逐渐增强、放大。不久帕特里斯便脱去衬衫，打着赤膊继续前进。汗水流淌在他晒伤脱皮的肩膀上。他们取道一条看起来像是沿着山腰向上延伸的小山路，脚下踩过的青草变得比较湿润。只一会儿的工夫，他们就听到泉水的声音，紧接着等待他们的，是山谷处突然涌现的阴凉。他们朝彼此泼洒泉水，也喝了一些止渴。卡特琳在草地上躺下，帕特里斯则顶着湿得黑亮、在额头上卷起的头发，缓缓地眨着眼，凝视着面前阳光灿烂中，由遗址和闪亮的道路交织而成的风景，然后才在卡特琳身边坐下。

"趁着只有我们两个人的时候，告诉我，梅尔索，你快乐吗？"

"你看。"梅尔索说。道路在阳光照射下闪动着,面前的影像化为五颜六色的微尘,仿佛万头攒动一般朝他们涌来。帕特里斯微笑,抚摸着自己的手臂。

"好,但我还是想跟你聊聊。当然,如果这让你心烦,就不用回答我。"她犹豫道,"你爱你太太吗?"

梅尔索莞尔:"那并不是必要条件。"他抓住卡特琳的肩膀,说话时激动地晃动,将头上的水滴洒在她的脸上:"小卡特琳,人之所以错,就错在以为必须抉择,必须去做想做的事,误以为幸福是有条件的。其实,你知道吗,真正重要的只有对幸福的渴望,必须时时刻刻都具备这种强大的意识。其余的,女人、艺术品或者俗世所定义的成功,都只是借口罢了。就像一张空白的画布,等着我们去挥洒。"

"是啊。"卡特琳说,眼中满溢着阳光。

"对我来说,重要的是能拥有一定质量的幸福。我能尝到的幸福滋味,只存在于它与对立面顽强且剧烈的正面交锋里。问我是否快乐?卡特琳!你一定听过那句老生常谈:'如果我的人生能重新来过,'那么,我会原封不动地照旧重活一遍。当然,你没法懂这句话的意思。"

"没错。"卡特琳说。

"怎么跟你说呢,丫头。我能活得快乐,得多亏我的问心有愧。我必须离开,找回孤独的状态,才能直面我内心应当面对的,无论是阳光还是泪水……是的,作为一个凡人,我是快乐的。"

萝丝和克莱尔赶上来了,大家重新背起行囊。接下来的路依然是顺着山腰蜿蜒而上,也将他们带入茂密的山林中,路边还生着不少仙人掌、橄榄树和枣树。偶有骑着驴子的阿拉伯人与他们擦身而过。他们继续往上爬,阳光现在加倍炙烤着路上的每一块石头。中午,当他们再也受不了酷热,吸收的芬多精及累积的疲惫令所有人昏沉无力时,他们抛下背包,放弃攻顶。山坡上岩石颇多,还满是燧石。他们利用一棵发育不良的小橡树圆形的树荫遮蔽太阳,从背包里取出准备的食物开吃。整座山都在炙热的阳光和蝉鸣声中颤动着。热气开始往上冒,包围橡树下的他们。帕特里斯趴在地上,胸膛贴着石头,呼吸周围散发出来的焦香,他用腹部去感受山岳喑哑的脉动,仿佛它正在无声地运作。这单调的节奏、灼热的石头和野外原始的香气间震耳欲聋的虫鸣,最终催眠了他,使他进入梦乡。

醒来时他全身是汗，且全身酸痛到了极点。时间应该已经是下午三点左右，孩子们不知去了哪儿，不过很快有笑声和尖叫传来，告知了她们的去向。酷热的高温减缓了一些，他们该下山了。就在这时，在下山途中，梅尔索第一次晕了过去。当他恢复知觉时，他从三张担忧的脸庞间，瞥见了湛蓝色的大海。他们放缓了下山的速度。在快抵达山脚的时候，梅尔索要求稍做休息。大海随着天空一起染成了碧蓝色，一片柔美、朦胧的色调从天边逐渐蔓延。从西那瓦向外延伸，围绕着小海湾的丘陵上，柏树慢慢地变黑、变暗。万籁俱寂中，克莱尔说道："您看起来很累。"

"或许吧，小丫头。"

"您知道吗，虽说这与我无关，可是这地方对您的身体不好，它太靠近海边，太潮湿了。您为什么不到法国生活，搬到那边的山上去？"

"这地方的确对我身体不好，克莱尔，可是我在这里很快乐。我感觉自己在这里如鱼得水。"

"那么，调养身体就可以让这样的状态持续得更彻底、更长久。"

"快乐的生活没有所谓长短这回事。你觉得快乐就是快乐，没什么好讨论的，连死亡也不会构成任何阻碍——在那种情况下，死亡只是幸福的一个插曲罢了。"所有人都不再说话。

"这么说不能让我信服。"一会儿过后，萝丝说。

夜幕降临中，他们慢慢地走回了家。

卡特琳自作主张请贝尔纳过来。梅尔索待在自己的房间里，透过窗玻璃上明暗变化的阴影，他能看到斑驳的白色栏杆，大海像是一条不停摆动的深色绸布，上方的夜空较为明亮些却无星斗。他意识到自己的虚弱，然而出于某种莫名的原因，虚弱反而让他从中受益，人变得轻松，思绪也更清明。因此当贝尔纳来敲门的时候，梅尔索觉得自己会毫无保留地向他和盘托出。这并不是因为他的秘密令他不堪重负，他并没有隐藏会给他带来负担的秘密。他之所以至今一直没对任何人提起，是考虑到在某些社会框架下，人们必须保留自己的想法，因为若是宣之于口，势必会对他人的先入为主及愚昧带来冲击。然而今天，以如此疲惫的身躯与发自内心的真诚，就像一个艺术家在抚摸与雕琢自己的作品良久之后，终于有天体认到必须将其公之于世，与世人交流——梅尔索也有了不得不说的感觉。即使自己也没有把握能够付诸行动，他还是迫不及待地期盼贝尔纳的到来。

楼下传来两声清脆爽朗的笑声，他忍不住莞尔。这时，贝尔纳进到房间里来。

"你怎么样？"他问。

"就这样，你看见了。"梅尔索说。

他为他听诊，但无法做出任何诊断，只是希望如果可以的话，梅尔索能拍一张 X 光片。

"迟一些再说吧。"后者回答道。

贝尔纳没说话，在窗边坐了下来。

"我个人不喜欢生病，"他说，"我知道那是怎么回事。没有什么比疾病更丑陋、更没有尊严的了。"

梅尔索对他的话无动于衷。他从扶手椅中站起，将香烟递给贝尔纳，自己也点燃一根，笑着说："我可以问您一个问题吗，贝尔纳？"

"当然。"

"您从来不下海游泳，那为什么会选择这个地方隐退呢？"

"嗯，我记不清了。那已经是很久以前的事。"

过了一会儿，他又补充道："而且我向来是个意气用事的人。现在好一些了。以往，我想要变得快乐，也为此付出了应有的努力，像是在我可能会喜欢的地方定居下来。然而单凭情感做出的预期及想象，从来只会是错的。所以人应该选择对自己最容易、最简单的方式来过活——不要勉强自己。这有点愤世嫉俗，但这也符合我们常听到的那句谚语所说的观点：'就算是天下第一美女，也给不出她没有的东西。'※人总要量力而为。在印度支那，我踏遍了每一个角落，在这里，我仅是回忆反刍就够了。"

"没错，"梅尔索附和，继续吸着烟，完全陷在扶手椅里，望着天花板，"不过我认为单凭情感做出的预期及想象，不一定从来都是错的，充其量只是不理性的罢了。总之，我只对与期待完全相符的体验感兴趣。"

贝尔纳微笑："对，那是一种量身打造的际遇。"

"一个人的际遇，"梅尔索继续着，一动也不动，"只要他倾情投入，总是引人入胜的。而对某些人来说，引人入胜的际遇，都是量身打造的际遇。"

"没错。"贝尔纳说。他用力站起身，凝望着夜色好

※ 从18世纪开始在法国流传的一句谚语，在大仲马的名作《三剑客》里也引用过，因而作者仅用"天下第一美女的观点"几个字带过，译文特补充之。

一阵子，有一点背对着梅尔索。

他没有转头看对方，继续道："除了我以外，您是这地方唯一没有人做伴、独自生活的人。我没把您的妻子和朋友算在内。我很清楚那只是些小插曲。虽然如此，您似乎还是比我更热爱生命。"他转过身来，"因为对我来说，热爱生命不是去享受海水浴，而是尽情去过些目眩神迷、狂热无度的日子。是女人、冒险奇遇、四处游历；是付诸行动，竭力促成某件事；是滚烫、精彩、不可思议的人生。总之，我想说的是……希望您能理解，"他好像因过于激动而难为情，"我是太过热爱生命，才无法满足于回归自然、质朴的人生。"

贝尔纳收起听诊器，关上他的药箱。梅尔索对他说："骨子里，您是个理想主义者。"

他有种感觉，所有的一切都在这从出生到死亡的一刻封存，并就此盖棺论定，孤注一掷。

"事实是，您知道吗，"贝尔纳说这话的时候语带些许哀伤，"与理想主义者相反的，大多是没有爱的人。"

"千万别这么想。"梅尔索说，与他握手道别。

贝尔纳握着他的手久久不放。

"只有活在彻底的绝望里或对人生怀有莫大希望的

人，才会像您这样想。"他笑着说。

"也有可能两者皆是。"

"噢，我那句话并不是问句！"

"我知道。"梅尔索认真地说。

然而当贝尔纳到了门口，出于未经思索的冲动，梅尔索叫住了他。

"还有什么事吗？"医生转过身问道。

"您是否有办法去鄙视一个人？"

"我认为可以。"

"在什么条件下？"

另一方思索着。

"在我看来，问题很简单。无论任何情况下，只要他处事的动机是出于私利或对金钱的渴望，我就会鄙视他。"

"的确很简单。"梅尔索重复道。"晚安，贝尔纳。"

"晚安。"

剩下他独自一人，梅尔索思考着。到了他这个境界，他人的鄙视于他而言已无足轻重。不过他从贝尔纳身上感受到了深刻的共鸣，也因此拉近了两人的距离。由一部分的自己来评判另一部分，似乎令他难以接受。他的所作所为是否出于私利？他已经清楚意识到一个至关重要且不道德的真理，即金钱是一个人想要赢得尊严最可靠也最快速的方法之一。他成功驱逐了每个高贵灵魂都会陷入的苦涩，也就是认为顺遂、绚烂人生的问世和形成当中，潜藏着不公不义。穷人以苦难开始的一生，终将以苦难结束，这卑劣不堪、令人义愤填膺的诅咒，已经被他用金钱来对抗金钱、用仇恨对抗仇恨的方式否决。在这场猛兽与猛兽的搏斗中，有时会有天使降临，完美无缺地张开翅膀，顶着光环，伴随温热的海风吹拂，带来祥和与幸福。只不过他还是什么都没告诉贝尔纳，而这也意味着他的艺术品从今往后将会一直是个不为人知的秘密。

翌日下午将近五点，孩子们离开了。在登上巴士前，卡特琳转头面朝大海。"再见，沙滩。"她说。

一会儿过后，三张含笑的脸庞从后车窗玻璃望着梅尔索，然后大巴就像一只巨型金黄色昆虫，逐渐消失在夕阳光辉里。天空虽然干净澄澈，却有点压抑、沉重。独自走在路上的梅尔索，打从心底有种解脱中夹杂着悲伤的感觉。只有在今天，他的孤独才变得真实，因为只有在今天，他才觉得孤独是自己的一部分。他彻底接受了这份孤独，同时清楚意识到今后他就是自己未来生活的主宰，这让他被所有崇高伟大的情怀如影随形的感伤与忧郁填满。

回程的路上他没走大路，而是取道一条从山脚通往他家，隐藏在角豆树和橄榄树之间偏僻曲折的小径。一路上他踩破了几颗橄榄，发现整条路面上都是黑色的斑斑点点。夏日将尽，角豆树在整片阿尔及利亚国土上散发着一种爱的味道；晚间或雨后，拥抱过太阳的大地尽情地休养生息，它湿润的小腹撒满苦杏仁香气的种子。这种味道会一整天从大树上不停蔓延而下，浓重逼人。随着夜晚的到来，加上大地舒缓的叹息，这味道在小径上变得清新淡雅，仅勉强能触动帕特里斯的嗅觉——就好像跟你在令人窒息的酷热午后上街晃荡了一个下午的情人，现在与你肩并着肩，在汹涌人潮里、华灯初上处凝望着你。

从这爱的味道与脚下一地破碎果实的芬芳中，梅尔索明白，这一季已近尾声。严寒而漫长的冬季即将降临，然而他已经准备好，等着迎接它的到来。从这条小径看不到海，但可以瞥见山顶微红的薄雾，预示着马上就要入夜。地面上有零碎的光点，稀稀落落染白林叶的阴影。梅尔索猛力呼吸这微苦的香气，把它当作今晚他与大地结为连理的礼赞和祝福。这笼罩全世界的夜幕，降落在橄榄树和乳香黄连木林间的小径，在葡萄园和红土地上，靠近轻轻缓缓呼啸的大海，这夜幕就像潮汐，涌进他心里。多少个相似的夜晚，在他心中都是对幸福的承诺；而将这天夜晚的感受当作一种幸福，让他回顾了自己从想望到征服，经历了怎样的一段路。本着一颗赤子之心，他以当初一心纯真杀害札格厄斯之时，因热情和欲望而生的同一种颤抖，接受这碧绿的天空和被爱滋润的大地。

V

一月，是扁桃树开花的时节。三月，轮到梨树、桃树和苹果树开满花朵。接下来的一个月，泉水几不可察地上涨，接着流量又恢复如常。五月初收割牧草，月底那几日收获燕麦与大麦。饱满的杏桃预示着夏天的来临。六月，伴随着庄稼的丰收，早熟的梨也纷纷出现。泉水已经逐渐枯竭，气温开始升高。大地的血液在这边厢干涸，那边厢却让棉树开花，也让第一批转色的葡萄由酸转甜。焚风强力吹拂，使得土地干裂，四处引发祝融之灾。接着转眼间，一年的节气掉头转向。葡萄的采摘在仓促中画下句点。九月到十一月的大雨洗净了大地。夏季的农活才刚结束，雨季刚过，在泉水突然暴涨、湍急奔流之时，又得重新开始整地和播种。岁末之时，有些土地上的小麦已开始发芽，而别的地方则才刚翻完土。不久后，扁桃树再一次为冰冷的蓝天点缀纯白色的花朵。新的一年继续在大地和天空中展开。烟草种下，葡萄园翻耕，喷洒硫黄，树木完成嫁接。同月，欧楂成熟。又是时候开始新一季的收割草料、收获作物和夏季的农活。年中，肥美多汁、黏手的水果摆满了餐桌：在两次碾壳、打麦之间，人们迫不及待地大口享用的是无花果、桃子与梨子。紧接而来的葡萄采收季，天空变得阴暗。从北方飞来成群结队的椋鸟和鸫鸟，仿佛一条条黑色绢带从上空掠过。对它们来说，橄榄已经熟透。采收的时间就在鸟群掠过不久后。泥泞的土地上，小麦再次发了芽。大片云层远远地从北方飘来，经过大海与土地上空，用它的泡沫轻拂水面，在澄澈透明的天空下，只留下纯净与冰凉。数日之间，远方的夜空划过几道寂静无声的闪电。严寒的冬季已经拉开序幕。

大约是这个时候，梅尔索首度开始卧床不起。突发的胸膜炎令他在房间里硬是困了一个月。当他能起身下床的时候，西那瓦山脚的果树已经开满了花，白中带粉的美景一路延伸，朝大海而去。春天从来都没有让他这样多愁善感过。康复后的第一个夜晚，他穿越田野步行了很长时间，一直走到提帕萨遗址长眠的那片丘陵。寂静中只有天空充盈着丝缎般的音符，黑夜就像牛奶，笼罩着整个世界。梅尔索走在悬崖上，夜晚沉思的氛围感染着他。下方不远处的大海轻轻呼啸着，承载着月光和天鹅绒般的夜色，柔顺光滑，仿佛蛰伏的巨兽。此时此刻，曾经的人生变得那样遥远，孑然一身、面对所有一切和他自己都无动于衷的梅尔索，觉得似乎终于达到了自己想要的境界；而心中充盈的平静，源自这热情却无情否定他的世界，帮助他一往无前达到一种坚忍不拔的自我放弃、自我放逐。他脚步轻快地前行，每一步的声响都令他觉得陌生，也许听起来有些熟悉，但与乳香黄连木灌木丛中走兽的窸窣声、浪涛声或夜空深处的脉动，并没有什么不同。正如他能够感觉到自己的身体，但这种感觉却与春夜温暖的风、海风挟带的咸味和腥臭味等外来的感受雷同。生而于世不断追寻的旅程，对幸福的渴求，札格厄斯满布脑浆，骨头迸裂、剥离的丑陋创口，"世界之窗之家"难忘的美妙时光，他的妻子、希望和神祇，这些都在他眼前一幕幕上演，但只像是故事里毫无缘由却特别讨喜的片段，既陌生又隐隐地有种熟悉感，如一本钟爱的小说，虽能抚慰和坚定心底深处的信仰，却是出自他人手笔。这是他此生头一遭，在自己身上除了对冒险的热情，对能量与活力的渴望，以及与世界相连的聪慧和真挚的本能之外，再感受不到其他更真切的情感。无怒也无恨，他没有遗憾。坐在峭壁之上，他用手指去感受其凹凸、皲裂的表面，并注视着月光下静静地潮起潮落的大海。他想起自己抚摸过的露西安娜的脸庞，还有她嘴唇的温度。在平静的海面上，月亮好像柔滑的油脂，碎成一个个悠长微笑四处漂荡。那海水该是温热的，像柔软的朱唇，准备在男人的身下沉溺。一直坐着不动的梅尔索，体会到幸福与泪水是多么地相近，整副身心都沉浸在这无声的悸动里，深刻体认人生来面对的即是希望与绝望的混合与交织。清醒而自觉，却仍旧陌生且疏离；为热情所吞噬、毁灭却漠不关心，梅尔索明白他自己的人生和命运已在此告终，往后他该尽一切努力来迎合与顺应这份幸福，以及直面其可怕的真相。

现在他得进到温热的大海里，自我迷失以便找回自己；在温暖的月光中泅水，让内心中停留在过去的自己噤声不语，让心底称颂幸福快乐的赞歌响起。他脱下衣服，走下峭壁并潜入海中。海水与人体一样暖热，沿着他的手臂流过，紧紧缠绕着他的双腿，无法捉摸又如影随形。他规律地游动着，感觉背部的肌肉随着自己动作的节奏律动。每次他抬起一条手臂，都在无垠的海上溅起银色的水花，在沉默却生气勃勃的天空下，犹如播下无边幸福的美丽种子。接着手臂又潜回水下，像刚劲的犁头般奋力耕耘，将海水分到两边，好获得新一轮的浮力和助力，以及更青春蓬勃的希望。身后，随着他踢动拍打的双脚，衍生出无数泡沫以及水花翻腾的汩汩声；在夜晚的孤独和寂寥里，显得分外清晰。对自己的节奏和精力有了把握之后，他突然跃跃欲试，开始加快速度，很快就远离了岸边，浩瀚的黑夜与辽阔的世界之中，只有他这么孤身一人。他突然想起脚下海水的深不见底，遂停止了动作。下方的一切就像未知的世界吸引着他，仿佛是让他回归自己的这个夜晚的延伸，抑或是尚未涉足的人生，由水和盐酿成的深渊，那样诱人。欲念油然而生，但在身体的狂喜之中，又即刻被他抛诸脑后。他游得更起劲，也更远。精疲力竭却畅快非常，他开始游回岸边。这时他突然遇上了一股冰冷的水流而必须停下，牙齿打战，动作也变得不协调。来自海洋的出其不意依然使他惊叹；这穿透他四肢、烧灼着他的冰冷，宛如来自清明中不失激狂的神祇的爱，让他无力抵抗。回程因而显得吃力，而上岸后，望着天空和大海，他一边穿衣一边牙关哆嗦着咯咯作响，却发出了幸福的笑声。

踏上归途时，他感到身体不适。从海边上行至他别墅的小径上，他可以看到对面岩石堆积成的岬角、光滑的石柱和周围的遗迹。而忽然间，这景致颠倒了过来，他发现自己靠着一块岩石，侧躺在一棵乳香黄连木上，被压扁的树叶飘散出独特的气味来。他颇费力气才强撑着回到别墅。方才带他达到极致喜悦的身体，如今却令他陷入沮丧之中，他腹痛如绞，不得不闭上双眼。他决定为自己泡杯茶，虽因为错拿了一个没洗过的脏锅子烧水，让茶油腻到令人作呕；但他还是喝了，然后准备上床睡觉。脱鞋的时候，他注意到自己毫无血色的双手上，指甲的颜色粉红得异常，且变得又宽又大，指甲顶端往下弯曲，盖住了指尖。他的指甲从来没有这样过，让双手看上去扭曲变形又病态。他感觉自己的胸腔像是紧箍在了一起，咳嗽并吐出几口痰，痰里看上去没有异样，然而他的嘴里始终有一股血的味道。上床后，他开始控制不住地一直打战。他感觉寒气好像两道冷泉，从身体末端向上蔓延，在肩膀汇合；而他的牙齿则抖得咯咯作响,连床单都变得潮湿了起来。屋子在他眼里变得空旷,熟悉的声音在他耳朵里无止境地增强、放大,仿佛墙已经远到无法终止它们的回音。他听得到大海水流冲刷卵石滚动的声音,也听得到大玻璃窗外黑夜的脉动,还有远处农庄里的狗吠声。他觉得热,掀开被子,接着又觉得冷,把被子重新盖上。在一来一往两种煎熬之间反复摆荡,在昏昏欲睡和令他从睡梦中惊醒的不安之间,他忽然意识到自己生了病。他的心中涌现焦虑与恐慌,担心自己可能连睁眼看看面前的景物都办不到,就在这意识不清的状态下死去。镇上教堂的钟声响起,他却无法听清敲了几下。他不愿自己在生病的状态下离开人世。至少于他而言,他不愿让疾病以它经常出现的方式带来衰退和虚弱,并成为迈向死亡的过渡。他在不知不觉中还希冀的,是以充满热血的健康生命迎向死亡,而非被逼着面对死亡和面对几乎等同于死亡的不治之症。他站起身,吃力地将一张扶手椅拉到窗前,坐下并盖上被子。透过薄薄的窗帘,在没有皱褶重叠的地方,他看到了星星。他缓缓地呼吸着,靠紧握椅子的扶手来缓和双手的颤抖。他想让神志恢复清醒。"我可能会死。"他设想着。同时,他想起厨房里的瓦斯还没关。"我可能会死。"他重复着。清醒的神志也无异于恒久的耐心。没有什么不能靠自己去赢得、去争取。他握起拳头，敲打椅子的扶手。人不是生来就强大、软弱或意志坚决，而是变得强大，变得清醒、理智。命运并非存在于人自身，而是在其周遭。他发现自己哭了。一种无以名状的脆弱和怯懦随着病弱而浮现，让他退回了孩童时期，连带也把泪水还给了他。他双手冰凉，心里反感到了极点。他想到了自己的指甲，锁骨下的淋巴结搓揉起来显得异常巨大。各种缤纷的美景遍布外头的大千世界。他不愿放弃对活着的渴望和贪婪。他想起阿尔及尔入夜时分，当工厂的汽笛响起时，工人蜂拥而出上达碧空的嘈杂声。在苦艾的味道、断垣残壁间盛开的野花以及萨赫勒荒漠中，在一栋栋小屋只有柏树环绕的孤独里，编织出美与幸福在绝望中成形的人生意象，帕特里斯从中找到一种短暂的永恒。这是他不愿放弃的，也不愿这意象没有了他还能延续下去。被愤愤不平与自怜自艾淹没的他，仿佛又看见了札格厄斯望向窗外的脸庞。他咳嗽了好一会儿，连呼吸也困难，穿着睡衣，几乎就要窒息。他觉得冷，又觉得热。满腔的怒火中烧，汹涌澎湃又混乱不清，拳头握紧，全身的血液都在头顶猛烈跳动、叫嚣；视线空洞，等着下一轮寒战,令他重新陷入意识模糊的高烧里。寒战来袭,他双眼紧闭,跌进潮湿而封闭的世界,体内张狂、反叛的野兽也随之消停,眼红着他的饥渴。不过在熟睡之前,他还有机会看见窗帘后夜色开始些微泛白,并随着破晓及世界万物的苏醒,听到仿佛温情与希望无边际的呼唤;这似乎消融了他对死亡的恐惧,但同时也使他更坚信能在曾是自己活下去的全部理由之中,找到离开人世的理由。

当他醒来时,天早已大亮,小鸟和昆虫在艳阳下成群结队地歌唱。他想起这天露西安娜会过来。虚弱无力的他,拖着疲惫的身体勉强回到了床上。他的嘴里全是发烧带来的苦味,病患独有的脆弱,让事情显得更艰难,其他人的存在变得更是掣肘。他请了贝尔纳过来,后者看上去一如往常地沉默寡言和匆忙,他立即为他听诊,然后取下眼镜擦拭镜片。"情况很糟。"医生说,并为他打了两针,第二针的时候,原本不太怕疼的梅尔索却晕了过去。当他恢复知觉时,贝尔纳正用一只手握着他的手腕,另一只手拿着自己的手表,盯着秒针一格一格地移动。"您看,"贝尔纳说,"您昏厥了一刻钟。心脏衰竭,下次昏厥可能您就醒不过来了。"

梅尔索闭上眼睛。他精疲力竭，嘴唇干燥发白，呼吸发出咻咻的喘鸣声。

"贝尔纳。"他说。

"我在。"

"我不要在昏迷中死去。我需要清楚看见发生什么事，您能懂吗？"

"能。"贝尔纳回答，然后给了他几支安瓿*。"如果您感到虚弱，就折断一支吞下去，里头是肾上腺素。"

出门时，贝尔纳碰上了刚抵达的露西安娜：

"还是这么迷人。"

"帕特里斯病了？"

"对。"

"很严重吗？"

"不严重，他很好。"贝尔纳说。在离去前，他又补充道："对了，建议你可能的话，尽量让他独处。"

"噢，"露西安娜说，"所以没什么好担心的。"

一整天，梅尔索都呼吸困难。他两度感觉到挥之不

---

* 安瓿，译自ampoule，"瓿"音同"部"，中文原意为陶制小瓮或铜制器皿。现代法语中，安瓿是盛装药液的小型玻璃容器。

去的虚寒要再一次将他的意识抽离,两次都是肾上腺素把他从这昏厥的深渊里拉了上来。这一整天里,他黯淡无神的双眼,只是望着乡间美景出神。接近四点时,一艘红色的船出现在海上,最初只是一个小点,渐渐越变越大,在阳光、水光和鱼鳞的映射中闪闪发亮。船上站着的佩雷,规律地划着桨。接着,夜晚很快降临。梅尔索闭上眼睛,自从前一天生病以来,第一次露出了微笑。他依旧沉默不语。露西安娜在他房间里已经待了一段时间,隐约有点担忧的她,急忙跑过来拥抱、亲吻他。

"坐吧,"梅尔索说,"你可以留在这里陪我。"

"别说话,"露西安娜说,"那会累着你。"

贝尔纳来过,打完针又走了。天空中大片红云缓缓飘过。

"小时候,"深陷在枕头里的梅尔索,两眼望着天空,吃力地说,"母亲告诉我那是人死后上天堂的灵魂。我听了,对人能拥有红色的灵魂感到惊奇不已。现在我知道,大多时候,那是暴风雨的预兆。尽管如此,我还是觉得很神奇。"

夜里,各种幻象纷至沓来。巨型的奇珍异兽在荒漠中垂头摆首。高烧中朦胧的意识里,梅尔索将它们轻轻驱赶挥散，只让跟他有过一段血腥情感联结的札格厄斯的脸入梦。他人生命的终结者如今也将死去。就跟那时的札格厄斯一样，他回首自己人生片段时透过的清晰目光，也是来自一个凡人的角度。至今为止他曾经活过、存在过，从今以后，他的人生则会是人们茶余饭后谈论的对象。无论是驱使他前进的、破坏性的狂热与冲动，还是生命短暂却富创造力的诗意，如今除了与诗意恰恰相反、赤裸裸的真相，就什么也不剩。跟每一个人在生命之初一样，从他自一开始在内心积累的所有人之中，从这些盘根错节又脉络分明的不同存在之中，他现在已明白自己是哪一种人：在人类创造命运的抉择上，他是在意识清楚的状态下，勇敢地完成的。那便是他活着和死去的所有幸福所在。他曾以野兽般的惊恐看待死亡，他了解那份恐惧代表着对生命的恐惧。对死亡的恐惧，说明了人对自身的生命与活力，有着无限的眷恋。每个未能付诸关键行动来提升自己人生的人，每个畏惧和称颂无能为力的人，他们之所以恐惧死亡，是因为它给他们没有投入和参与过的人生，带来的是一种惩罚。他们从来没有真正活过，自然也还活得不够。而死亡就像遍寻不着饮水、亟须解渴的旅人，被永远剥夺了发现水源的契机那般，而非像对其他人那样，是命中注定抹杀及否决的动人过程；无论是对感激还是不甘，它都报以同样的微笑。他坐在床上度过了一天一夜，两只手臂搭在床头柜上，头埋在手臂之间。若是躺下，他便无法呼吸。露西安娜坐在一旁，不发一语地留心他的状况。梅尔索偶尔会看向她，心想在自己走后，她会在第一个搂住她腰的男人怀中软倒，然后像曾经向他献出自己那般，为那人献身，世界会在她微张的温热双唇中继续下去。有时，他会抬起头望向窗外。他没刮胡子，眼眶赤红、凹陷的双眼，已失去了明亮、深邃的神采，而消瘦、苍白的双颊，加上青蓝色的胡楂，已让他完全变了一个人。

他抱恙却锐利的目光落在玻璃窗上。他深吸一口气，转头望着露西安娜，然后他笑了。冷酷而清明的微笑，为这张原貌逐一衰退、消逝的脸庞，带来一股新的力量，一种带着活泼轻快的严肃。

"你还好吗？"露西安娜低声问道。

"还好。"他接着又回到两只手臂之间的黑暗里。徘徊在体力和耐力的极限边缘，他第一次在脑海中与罗兰·札格厄斯重聚，犹记得最初后者的微笑曾让他感到异常恼火。他急促的呼吸在大理石床头柜留下了水蒸气的痕迹，将他灼热的温度反馈回来。透过这朝他袭来的病态体温，他对自己指尖和脚尖的冰凉更加敏感，甚至更彰显出生命的存在。在从冰冷到温热的过程中，他体会到了札格厄斯当初感谢"生命之神让他的火苗还能继续燃烧"的那种激动。他对这个自己曾感觉如此遥远的男人，产生了一种强而浓烈的手足之爱，并明白在枪杀他之时，两人之间便同时完成了一种仪式，令他们从此永远联结在一起。这沉重的、饱含泪水的心路历程，在他心里是糅合了生命与死亡的味道，也是两个人的共通之处。从札格厄斯面对死亡的面无表情里，他看见了自己人生暗藏的冰冷意象。高烧助他一臂之力，也让他更兴奋地确信，他能维持清醒到最后一刻，到死都不会合上双眼。那一天，札格厄斯也睁大了眼睛，眼眶里还有泪水在打转。不过那是一个没有机会参与自己人生的人，最后仅存的软弱。帕特里斯对此并无忌惮。在他感觉体内滚烫的血液脉动，每每在距离身体末端数厘米处止步之时，他又更清楚自己无缘这份软弱。因为他已经履行了自己的任务，圆满完成了人类唯一的义务，也就是让自己快乐而已。这份快乐可能并没有持续多久，但时间长短并不会改变这个事实，充其量只能是种阻碍，或者已不再是阻碍。他已经将其摧毁，这个他为自己孕育的内在分身，存在两年还是二十年并不重要，重要的是他存在过，那就是最大的快乐。

露西安娜站起身，把梅尔索肩上滑落的被子重新盖好。这个动作让他顺势哆嗦了一下。打从他在札格厄斯别墅附近的小广场打喷嚏那天起，直到此时此刻，他的身体一直忠诚地为他所用，并为他开启了通往世界的门。然而与此同时，这副身躯又继续过着自己个别的日子，与其所代表的那个人脱节。这几年之间，它所经历的是一种缓慢解构、崩坏的过程。现在它已经圆满完成了自己的旅程，准备好与梅尔索分道扬镳，将他交还给这个世界。从这一下梅尔索清楚意识到的寒战中，其躯壳再次凸显了与主人之间的默契及曾经一起获得的喜悦、欢愉。单就这一点，已足够让梅尔索将这个寒战视为一种喜悦。清楚的意识，正是他所需要的，没有虚假和欺瞒，没有一丝怯懦——与自己的身体一对一、面对面——眼睁睁地直面死神。这是人生于世要勇于面对的事。通往终局的路上一片虚无，没有爱也没有任何矫饰，有的只是属于孤独与幸福的无尽荒漠，剩下梅尔索一人与自己对弈，走完最后几步棋。他感觉自己的气息越来越微弱。他吸了一口气,整个胸腔都跟着呼哧抗议。他感到自己连小腿肚都变得异常冰冷,双手也失去知觉。东方已现鱼肚白。

破晓微凉的晨光中,处处都是鸟鸣。太阳很快升起,一跃冲出了天际。金黄色的大地温度开始攀升。早晨的天空和大海,溅上了大块蓝色、黄色的跳动光点。微风徐徐穿过窗户,带咸味的气息为梅尔索的双手带来一抹清凉。中午时,风停了,白日像熟透的果实裂成两半,流出的闷热汁液在突然同声大作的蝉鸣中,覆盖了整个地球表面。海面也被这金黄色的果汁笼罩,就像抹了一层油,它把温热的风送回被太阳碾压的大地,一路登堂入室,顺道搭载了苦艾、迷迭香和晒得热烫的石头的香气。梅尔索从床上感知着这震撼与献礼,他睁开眼睛望向渺无边际的大海,闪闪发亮的圆弧曲线上,满是他所信奉的神祇的千万个微笑。他突然发现自己已从床上坐起,而露西安娜的脸跟他靠得很近。他肚子里好像有一个小石子,缓缓往上爬,来到了他的喉咙。顺着那石子经过的轨迹,他的呼吸也越来越急促。它还在往上走。他看着露西安娜。他没有抽搐地微笑着,这个微笑也是发自内心的。他翻身倒在床上,感受体内缓慢爬升的异物感。他盯着露西安娜饱满的双唇，还有她背后大地的微笑，他对两者投射的眼神，还有渴望，都并无二致。

"再一分钟，再一秒钟。"他寻思着。体内那股爬升的感觉停止了。就像回归大地的小石子，他以一颗喜乐的心，回到了世界静止不动的真实里。

译后记

自我所翻译的加缪《异乡人》版本上市至今，已经过了十多个年头。这期间我的职涯自然经历了不小的转变；虽然译笔未曾停歇，但不要说经典名作了，要论真正的纯文学译作，《异乡人》原本真该是我的最后一本。

　　当初接下这本书的翻译工作的机会来得偶然，过去曾有一段时间，市面上也碰巧没有更新、更当代的译本流通，这或多或少可能成了2009年的这个版本在那十年之间，能够令人印象特别深刻的原因之一。记得敦南诚品永久熄灯之前，我曾经有过的一个只有译者本人享有的小小生活调剂，便是路过时到法国文学区，翻看它的版权页，了解（赞叹）一下其发行现况——在我为数不多的作品当中，即便是最"长寿"的工具类书籍，重印的次数与之相较，都望尘莫及，而这还不包括其他授权的纸本或电子版本在内。也难怪后来于媒体任职之时，有几位相熟的朋友跟同行引见我，除了某某刊物副总编辑的职称，总是不忘特地补上一句"《异乡人》的译者"了。

多年过去，新结识的朋友里头，不乏对上家中藏书译者姓名后恍然大悟的，而近两年问世的新版本之中，除了有时不时与我在社群网络上插科打诨的后辈的手笔，赫然也有多年前法语启蒙老师的新译；于我来说，这些都是有幸翻译名家代表作品才有机会享有的又一种新奇体验。如今，这本相隔多年的第二本加缪作品《快乐的死》，则是另一个我从《异乡人》收获的缘分。

于 1936 到 1938 年间创作的《快乐的死》，虽是加缪实际意义上的首作，却在 1971 年也就是他过世十一年之后，才正式付梓出版。其中缘由也很简单，作者完成初稿之时，前辈们尤其是与他一直维持亦师亦友关系的尚·葛尼耶（Jean Grenier，法国哲学家暨作家，是加缪从高中到大学的授业恩师，对他早期的成长与创作历程，有过举足轻重的影响），给出的评价并不是非常正面。他在写给法兰辛妮·佛荷（Francine Faure，加缪的第二任妻子,两人1940年在法国里昂完婚)的信中提及此事,甚至明确直言自己听完他们委婉的意见,得出的结论只有一个,便是这部作品是个失败之作。正因如此,他决定推迟自己第一本小说的发表时间,打算重新做一番调整与修改。[不过话说回来,其实1941年葛尼耶读完《异乡人》的完稿后,也没有给作者太多赞誉和鼓励;所幸经过了两三年的历练、沉淀与反思,此时的加缪做出了别样的选择。其间这对师徒的鱼雁往返,透露出两人关系微妙变化的种种蛛丝马迹,实在令人拍案叫绝,有兴趣的朋友可以去读一读美国耶鲁大学教授,也是20世纪法国历史与文化专家的艾莉丝·卡普兰(Alice Kaplan)所著的《寻找异乡人》(*Looking for The Stranger: Albert Camus and the Life of a Literary Classic*),满足一下作为书迷和作者粉丝的"吃瓜欲"。]

之后的发展便如后世所知,原本计划着手的修文工作并未如期进行,而是永远地搁置了;或者说,作者所做的已经不是修文,而是在一发不可收拾的灵感驱使之下,直接以《快乐的死》一小部分内容为基础,发想成另一个截然不同的故事,也就是1942年出版的《异乡人》。于是乎,《异乡人》的忠实读者在阅读本书前半部的时候,一定会经常有一种 déjà vu(似曾相识,或说既视感)的感觉。如果看的是原文版,更是打从第一部第一章的第一行开始,当主人翁梅尔索(Mersault)的名字一映入眼帘,便可能会不由自主地联想起《异乡人》的默尔索(Meursault);后者只比前作多加了 u 这个字母,但已足够引起后人的诸多好奇与探究。懂法语的朋友多半会注意到仅仅一字之差,默尔索的名字便对应上了"死亡"(mourir)这个词(其直陈式现在时态第一人称单数为 meurs),而能与这部作品的主要情节与叙事者的终局互为呼应;身为优质白葡萄酒爱好者与忠实拥护者的我,则认为卡普兰的另一个推测更得我心:"对法国读者来说,这名字代表的只能是美味又昂贵的勃艮第(Bourgogne)白酒。"据卡普兰考证,部分加缪专家相信,他是在某个餐会上品尝到勃艮第知名酒村默尔索(即 Meursault)的同名美酒,才获得了灵感,将 u 这个字母加了进去,好将两部作品的主角名字区分开来。

默尔索不仅白酒举世闻名,每年十一月底于当地举行的"一支会"(La Paulée de Meursault),更是一票难求的全球酒迷盛事。我有幸在 2019 年参加过那么一回，亲身体验尊贵如 DRC 庄主，也与来自世界各地的酒迷们齐聚一堂、同席饮宴的法式 convivialité（爱宴饮交际）精神，至今难忘。该年度盛会自 19 世纪 20 年代中叶起延续至今，有近两百年历史；那么，当年加缪是否也曾经是座上宾？

作为 20 世纪最负盛名和最重要的法国作家之一，加缪的作品难免成为一再被演绎、推敲、研究的对象；更何况无论是《异乡人》，还是被后世称为其"前传"的《快乐的死》，都蕴含了浓郁的自传成分，且尤以后者为甚。随着小说情节的推展，读者可望如拼图一般，逐一拼凑出青年加缪的出身与前半生的写照；从他成长的阿尔及尔小区贝勒库尔、令其父亲英年早逝的马恩河战役、以他舅舅为蓝本塑造的失聪制桶匠、肺结核病魔反复折磨阴影下的死亡威胁，到经历第一段婚姻的失败，对男女关系的领悟，甚至是中欧的旅行、"三个女大学生"以及"世界之窗之家"，还有那两只名叫卡利与古拉的猫，都是现实中真实存在过的、作者人生的一部分。也许是离得太近，投入太多真情实感，想说的话也太多，导致这部未竟之作的写作过程诸多不顺，终究是尘封在了作者的抽屉里。

与《异乡人》相比,《快乐的死》或许在情节与主题的凝聚力及行文的纯熟、洗练程度上稍嫌逊色,作品背后透过自己第一部作品酝酿故事建构功力及形塑叙事风格的年轻作家,在我眼中却仍旧是特别耀眼、绚烂多彩的。他对故乡的依恋与钟爱,对阿尔及尔海湾与西那瓦自然景致更迭巨细靡遗的描述,搭配主人公的心境变化,尤其引人入胜。"夏日将尽,角豆树在整片阿尔及利亚国土上散发着一种爱的味道;晚间或雨后,拥抱过太阳的大地尽情地休养生息,它湿润的小腹撒满苦杏仁香气的种子。……随着夜晚到来,加上大地舒缓的叹息,这味道在小径上变得清新淡雅,仅勉强能触动帕特里斯的嗅觉——就好像跟你在令人窒息的酷热午后上街晃荡了一个下午的情人,现在与你肩并着肩,在汹涌人潮里、华灯初上处凝望着你。"完稿后回过头来重新校阅修润之时,重新见证作者的法语原文,借由我的大脑和双手,幻化为既熟悉又陌生、既惊艳又感动人心的中文字句,使我再一次体验到了翻译的魔力,就是在不知不觉中挖掘文字工作者的潜力,而绝非只是对外文功底的一种验证而已。

感谢李乐的邀约,以及她的耐心与协助。感谢在2022年能重遇加缪,重遇他笔下的世界,窥见他作为创作者的初心,以及他曾经的脆弱、自我剖白、对命运的不甘和叛逆,还有他对文学创作的执着与热血。

© 中南博集天卷文化传媒有限公司。本书版权受法律保护。未经权利人许可，任何人不得以任何方式使用本书包括正文、插图、封面、版式等任何部分内容，违者将受到法律制裁。

图书在版编目（CIP）数据

快乐的死 /（法）加缪著；张一乔译 . -- 长沙：湖南文艺出版社，2023.7（2025.2 重印）
ISBN 978-7-5726-1095-0

Ⅰ . ①快… Ⅱ . ①加… ②张… Ⅲ . ①中篇小说－法国－现代 Ⅳ . ① I565.45

中国国家版本馆 CIP 数据核字（2023）第 046959 号

上架建议：经典文学·小说

KUAILE DE SI
快乐的死

著　　　者	［法］加缪
译　　　者	张一乔
出 版 人	陈新文
责任编辑	吕苗莉
监　　　制	张微微
策划编辑	李　乐
特约编辑	张晓虹
	任佳怡
营销编辑	胖　丁
装帧设计	苗　倩
出　　　版	湖南文艺出版社
	（长沙市雨花区东二环一段 508 号　邮编：410014）
网　　　址	www.hnwy.net
印　　　刷	三河市鑫金马印装有限公司
经　　　销	新华书店
开　　　本	815mm×1120mm　1/32
字　　　数	101 千字
印　　　张	6.25
版　　　次	2023 年 7 月第 1 版
印　　　次	2025 年 2 月第 5 次印刷
书　　　号	ISBN 978-7-5726-1095-0
定　　　价	45.00 元

若有质量问题，请致电质量监督电话：010-59096394
团购电话：010-59320018